Le prime luci

alle piccole attenzioni

I'd rather be hated for who I am,
than loved for who I am not.

KURT COBAIN

e per la strada fianco a fianco
siamo molto più di due

MARIO BENEDETTI

Ci sono momenti in cui la vita regala attimi di bellezza inattesa. Smetti di fare una cosa e ti accorgi che attorno a te tutto è perfetto, il dono di un Dio meno distratto del solito. Tutto sembra sincero. La nascita di una nuova vita, l'alba di un cambiamento, qualcosa di profondo o semplicemente la conferma di un affetto tenuto nascosto, di un sentimento segreto, custodito in silenzio dentro di noi con pudore. O anche la fine di qualcosa, la fine di un momento, di un periodo difficile sempre più faticoso da sostenere. Quando terminano i respiri corti, lasciando spazio a uno lungo profondo che riempie e svuota il petto. In quei momenti non mi manca nulla.

3 gennaio

Ho molti sospetti su di me. Ho paura che la mia vita sia un lungo malinteso. Forse non sono la donna che credo di essere.

Sono i pensieri che ho fatto questa mattina appena mi sono svegliata, dopo aver tentato di ricordarmi ogni particolare di ciò che avevo appena sognato: era una domenica pomeriggio d'estate, indossavo una maglietta che arrivava appena sopra le ginocchia e stendevo della biancheria sul balcone di una casa di ringhiera. Sentivo dall'appartamento di fronte un picchiettio di rasoio che batteva sul lavandino. All'improvviso dalla porta di fronte è uscito un uomo e si è acceso una sigaretta. Aveva i capelli pettinati indietro ancora bagnati, indossava una canottiera bianca e un paio di pantaloni color nocciola. Mi ha sorriso e ci siamo salutati: "Ricordati che vieni a cena da me questa sera". Sono entrata in casa per scegliere il vestito da indossare.

Ero emozionata, eccitata e felice. Quando sono arrivata davanti alla sua porta, lui mi ha presa per mano e mi ha guidata dentro. La casa era quella in cui sono cresciuta.

"Abitavo qui una volta, lo sai?"

"Certo che lo so."

Mi sono guardata attorno e tutto era come quando ero bambina. Perfino l'orologio arancione appeso al muro. Lui si è avvicinato, mi ha preso il viso tra le mani, mi ha annusato il collo. Ho provato un brivido. Poi, mentre stava quasi per baciarmi sulle labbra, è suonato il campanello.

In quel momento ho aperto gli occhi: era la sveglia di Paolo. Sapevo che avrebbe suonato per altre due volte, a intervalli di dieci minuti

Il sogno era ancora vivo in me: la sensazione di libertà, l'emozione dell'appuntamento, l'eccitazione dell'incontro. Mi sono voltata a guardare mio marito che dormiva e l'ho osservato per qualche minuto. Nel sogno non ho mai pensato di essere sposata e di non poter accettare quell'invito.

Sono andata in bagno, mi sono fatta la doccia e mi sentivo ancora la donna del sogno. Nell'ultimo periodo una voce interna mi confonde, mina le mie certezze, mi rende insicura e indecisa e quello che ho provato questa notte in sogno certo non mi aiuta.

Oggi pomeriggio mi sono ricordata quale vestito indossavo nel sogno: l'ho comprato l'anno scorso ma non l'ho mai messo perché quando l'ho riprovato a casa non mi sono più piaciuta. Dopo cena l'ho tirato fuori dall'armadio e guardandolo mi sono chiesta se fosse veramente il vestito a essere sbagliato.

15 gennaio

Sono contenta quando faccio fatica a trovare parcheggio. In quest'ultimo periodo mi capita spesso di fare lunghe telefonate in macchina con Carla pur di non salire subito a casa. È sempre stato così con lei, fin dai tempi del liceo: non ho bisogno di spiegarle il mio umore, le basta sentire la mia voce per capire già tutto. Poi scendo dall'auto, passeggio verso casa e spero che lui non sia ancora tornato, per avere quei piccoli quarti d'ora di solitudine che mi fanno bene. Se invece so che è già arrivato, cammino lentamente. Quando entro in casa, cerco di nascondere il disagio che mi porto dentro. Così, senza rendermene conto, ho imparato a recitare, a fingere, soprattutto a imitare. Imito l'idea di moglie che ho in testa; imito le mie amiche innamorate e felici; imito la me sposata dei primi tempi che non sono più capace di essere. Tutto questo per evitare che lui possa vedere in me un'inquietudine interiore, un eccesso di tristezza. Molte volte ho paura, aprendo la porta, di tornare a casa priva di sentimenti per lui.

Prima di entrare faccio sempre un lungo respiro e indosso una maschera. Certi giorni ho l'impressione che capisca quando fingo e non dica nulla. A forza di fingere, a volte non so più nemmeno quale sia la verità.

Com'è potuto succedere? Eravamo così sicuri del nostro amore. Ricordo come fosse ieri il giorno del matrimonio. Ricordo i preparativi, l'eccitazione per ciò che insieme stavamo facendo. Avevo sempre sognato quel giorno. Nella mia testa c'era sempre stato un marito, era quello che avevo sempre voluto. Dovevo solo scoprire chi fosse.

Avevo già preso la decisione di sposarmi prima ancora di incontrare Paolo. Ho sempre pensato che sarei diven-

tata donna solamente grazie a un marito. Ero una donna felice, come potevo non esserlo? Con il matrimonio stavo prenotando un futuro tranquillo, scacciando per sempre la paura della solitudine. Per questo eravamo felici, e non solo noi: tutti sembravano esserlo. Ora mi chiedo se fosse una coincidenza o se invece guardavo la mia vita con i loro occhi.

Tutto era chiaro e candido, come le lenzuola del letto matrimoniale su cui avremmo dormito e fatto l'amore per il resto della nostra vita.

I primi tempi ero così entusiasta, mi bastava poco per sentirmi appagata: comprare due scodelle colorate per la colazione, gli strofinacci da cucina bianchi con il bordo azzurro, un cuscino per il divano, gli asciugamani nuovi per il bagno.

Forse è sempre stato tutto solo nella mia testa. Infatti, a ben guardare, non abbiamo quasi mai usato molte di quelle cose, che sono ancora praticamente come nuove: la pentola wok, i bicchieri per lo champagne, le tazze da tè giapponesi, la pentola per la bourguignonne...

La nostra casa è piena di candele mai accese. Come noi due. Lo stoppino è ancora bianco.

Prima di sposarmi immaginavo la mia vita con Paolo, di parlare con lui tutte le sere e raccontargli la mia giornata, quello che avevo fatto e che sognavo di fare insieme a lui. Immaginavo le cene a casa con gli amici, poi le risate di complicità mentre sparecchiavamo la tavola dopo che tutti se ne erano andati. Immaginavo le serate soli in casa a guardare un film sul divano abbracciati sotto la trapunta. Nella realtà non è accaduto quasi nulla di tutto ciò che avevo sognato. Di chiacchierate ne abbiamo fatte sempre meno, tanto che alla fine mi sono convinta che in fondo non è necessario parlare molto quando ci si ama.

Con il passare degli anni è sicuramente meno faticoso sopportare il silenzio che un discorso che non interessa più.

Alcuni argomenti nel tempo sono diventati tabù, e così per paura di dire troppo abbiamo finito col dire poco. A volte mi chiedo se non siano tutte queste cose non dette ad averci allontanato. Le priorità e le urgenze sono cambiate al punto di dimenticare tutto ciò che si desiderava.

Ora le mie giornate sono tristi senza che trapeli nulla. Lui confonde la mia tristezza con la stanchezza.

Nulla mi sorprende più: né Paolo, né la vita, né me stessa.

Mi chiedo quando il futuro che avevo immaginato ha iniziato a sbiadire e dove sono finiti i sogni che avevo il giorno del matrimonio.

Forse c'è qualcosa di peggio dei sogni svaniti: la non voglia di sognare ancora. Ci siamo spenti lentamente, assopiti senza nemmeno rendercene conto. Prima abbiamo svuotato il futuro, poi abbiamo iniziato a fare lo stesso con il quotidiano, con il presente. Quando non riesci a ottenere quello che vuoi, finisci per amare ciò che puoi.

Mio marito è diventato un fratello, ma nonostante questo non riesco a lasciarlo. Vedo tutto quello che non va, però sono bloccata. Sogno di svegliarmi e di essere un'altra donna, che vive una vita diversa dalla mia. Eppure se lasciassi perdere tutto so che ne soffrirei.

Nel leggere queste parole ho provato un'infinita tenerezza. La donna che le ha scritte è così fragile che subito mi sono commossa. Ho desiderato andare da lei per abbracciarla e rassicurarla. Vorrei dirle di non preoccuparsi, che le cose cambieranno e andranno bene, anzi, che *sono* andate bene, anche se lei non può ancora saperlo. Non sa che troverà la strada per uscire da questa situazione, che avrà presto le risposte alle sue domande. Lei non sa ancora che sta per liberarsi da tutto quanto la tiene legata, imprigionata, bloccata.

Le mie non sono semplici parole di speranza. Quando leggo questo diario, non immagino il futuro di quella donna improvvisando con ottimismo delle previsioni. Lo guardo vivendo il mio presente.

Perché quella donna sono io, qualche anno fa.

Se potessi viaggiare nel tempo andrei da lei, perché ricordo quanto si sentisse sola. Non le impedirei di vivere le esperienze che ci separano, nemmeno quelle dolorose, perché anche quel dolore l'ha aiutata a crescere. Mi siederei al suo fianco per farle sentire la mia presenza.

Alla donna che sono stata voglio bene. Anche se era fragile non è mai stata debole, anche se era stanca e sfinita non ha mai smesso di lottare. Ha saputo resistere. Alla donna che sono stata sento di dover riconoscere dei meriti, molti: il coraggio di sbagliare, la volontà di esserci, la responsabilità di scegliersi.

È il secondo trasloco che faccio nella vita. Il terzo, per la precisione, se conto quello da bambina, quando avevo sette anni e i miei genitori decisero di cambiare città. In quel caso non avevo aiutato molto, più che altro piangevo.

«Vedrai, Elena, ti piacerà la casa nuova... la tua cameretta è anche più grande e ci staranno più giocattoli» mi diceva mia madre per tranquillizzarmi.

«Non la voglio la cameretta più grande, voglio questa, voglio restare qui.»

Ieri pomeriggio i ragazzi del trasloco mi hanno detto di non preoccuparmi, avrebbero fatto tutto loro. Mi hanno chiesto come dovevano sistemare le cose, ma ho risposto di portare solo gli scatoloni, che ci avrei pensato da sola.

Anche Carla si è offerta di aiutarmi, ma ho deciso di fare per conto mio.

Ho trentotto anni e sto di nuovo imballando la mia vita. Di quanti cartoni avrò bisogno? Dentro quanti scatoloni sta la mia vita?

"Ho due giorni per farlo" mi sono detta. "Con calma. Sarà un weekend lungo e faticoso, ma sono sicura che riuscirò a imballare tutto."

Ieri ho iniziato dalla cucina: piatti, bicchieri, scodelle, tazze. Tra oggi e domani farò il resto.

Mi sono appena preparata un caffè. Mentre lo bevo, cammino per le stanze. Mi fa effetto vedere le cose pronte per essere imballate, osservare gli scatoloni aperti, passeggiare in questa casa per l'ultima volta.

Sto per andarmene da qui. E voglio farlo da sola,

in silenzio. Voglio uscire lentamente, cosciente di tutto, consapevole di quello che lascio ed emozionata per ciò che mi attende. Qualsiasi cosa sarà.

Cerco di rubare gli odori, i suoni, la luce che si appoggia alle pareti. Sentire per l'ultima volta i rumori che hanno accompagnato la mia esistenza in questa casa. Per questo ho voluto preparare da sola gli scatoloni: perché voglio ripiegare la mia vita con ordine, toccando ogni oggetto e vivendo la storia e i ricordi che rievoca.

Ogni ricordo sarà come la parola di un racconto.

Appoggio la tazza del caffè e prendo qualche libro dalla mensola. Mi piace aprirli e vedere le frasi che negli anni ho sottolineato. Scoprire che cosa mi colpiva, cosa sentivo, cosa in fondo cercavo.

Il mio trasloco inizia da qui, dalle pagine del mio diario, dal racconto di quella che ero.

19 gennaio

«Sono stanca, stufa, mi annoio, dobbiamo fare qualcosa» continuo a dirgli, ma lui niente. Si comporta come se non fosse successo nulla, come se tutto fosse tranquillo. L'unica differenza è che non cerca più di fare l'amore con me: sa che lo rifiuterei e per non essere rifiutato non chiede.

Come si può desiderare e amare un uomo che non si ribella a nulla? In passato reagiva in maniera opposta: si avvicinava e mi chiedeva se mi andava di fare l'amore con lui. Ho impressa nella memoria la volta in cui mentre lavavo i piatti mi ha detto: «Ti va se andiamo di là e facciamo l'amore?». Chiesto a voce, così, anche se avessi avuto una mezza voglia me l'avrebbe fatta passare. Più fa cose umilianti, più è gentile e zerbino, più reagisco con fastidio e violenza.

Ora mi è sempre più difficile fare l'amore con lui. In passato mi pesava meno farlo che affrontare certi discorsi. E comunque il tutto si risolveva in pochi minuti. Mi ripeto che fare l'amore non è fondamentale, perché il nostro rapporto dopo tanti anni può contare su altre cose: l'affetto, la complicità, e il conoscerci come nessun altro.

28 gennaio

Mi è esplosa una gran voglia di viaggiare, ridere, divertirmi. La voglia di vivere un mondo nuovo, diverso dal mio. Ho bisogno di poter sperare. Ho bisogno di amare. Non voglio più trovare scuse per non amare.

A Paolo, invece, succede il contrario: lavora, viene a casa, parla di lavoro, mangia, guarda la televisione e se ne va a letto. Sembra quasi che si sia spento, parla poco, si addormenta la sera con una faccia e con la stessa si sveglia il mattino. Viviamo una routine che non può produrre alcun risultato diverso. Se non siamo felici oggi, non lo saremo domani. Ho la sensazione di consumare la mia vita nell'attesa di qualcosa che non accadrà mai.

In questi giorni ho cercato nuovamente di parlargli, di dirgli che così non va. Mi risponde sempre che non è il momento. Al mattino perché si è appena svegliato, la sera perché ha avuto una giornata pesante al lavoro e vorrebbe stare tranquillo almeno a casa; a letto mi dice che è stanco e che vorrebbe parlarne in un altro momento, altrimenti poi si arrabbia e non si addormenta più.

«Ne parliamo domani.»

Ma quel domani non arriva mai. Forse nemmeno io sono così sicura di quello che dico. Anch'io ho paura di affrontare certi argomenti. Ho creduto così tanto nella storia con Paolo che non voglio accettare di essermi sbagliata. Mi scoccia ammettere che tutti i sacrifici, i pianti e i silenzi non siano serviti a nulla. Mi costa da morire non essere riuscita a ottenere ciò che ho sempre desiderato e arrendermi all'idea di aver fallito. Non ho voglia di sentire la frase: "Proprio voi due, eravate così belli insieme".

Si intrufola dentro di me la tentazione di scegliere la

rinuncia piuttosto che la sconfitta, di fingere che la vita non ci abbia silenziosamente allontanati. Allora inizio a chiedermi se non sia colpa mia, magari non mi so accontentare, forse sto inseguendo un sogno di perfezione che non può essere raggiunto nella realtà. In fondo lui è una brava persona e dovrei imparare a essere meno esigente, emotivamente più autonoma e adattarmi un po' di più. Sono io a essere sbagliata, a Paolo va bene così. Sembra che a lui basti trovarmi qui quando apre la porta la sera.

Cerco di pensare che sia solo una crisi passeggera. Mi accuso di non amare abbastanza e mi riprometto di amare di più, come se tutto si potesse sistemare amando più intensamente. E allora, non so nemmeno io dove trovo altra forza, investo nuovamente tutto nell'illusione di trasformare la menzogna in verità.

Ci vuole molta energia per inventarsi un presente quando il futuro sembra più una minaccia che una speranza.

Inizio facendo attenzione al mio comportamento, alle mie azioni, alle mie parole. Faccio nuovi progetti: un weekend, una cena, una ricetta, un taglio nuovo di capelli. Voglio avere la certezza di aver fatto tutto il possibile. Per tenere in piedi questo matrimonio sono arrivata anche al punto di fare strane fantasie. Come pensare a Paolo con un'altra donna, immaginare che mi tradisca, per riuscire a sentire ancora qualcosa.

Per un po' ci credo e tutto sembra funzionare. Ma poi basta un piccolo episodio per essere travolta nuovamente dal dubbio, come da un'onda gigante. Sabato scorso, per esempio, mi sono svegliata e volevo fare una colazione tranquilla, in silenzio: burro, marmellata, succo d'arancia, caffè. Quando sono arrivata in cucina, Paolo aveva smontato l'aspirapolvere rotto e aveva messo sul tavolo dei fogli di giornale con sopra tutti i pezzi. Non ho detto nulla, ho preparato la moka e sono andata in bagno. Poi ho preso il caffè e me ne sono tornata in camera. Ero infastidita, ma non avevo voglia di discutere, così sono rimasta a letto. Dopo qualche minuto, lui è entrato e mi ha chiesto se sapevo dov'era la garanzia dell'aspirapolvere. Ha aperto l'armadio e ha cercato qualcosa in una scatola. Poi ha lasciato spalancate l'anta e la porta della camera ed è tornato in cucina, dove ha continuato a fare rumorosamente i suoi lavori.

In quel momento ho pensato che questa vita non fa più per me. Mi sono sentita come quell'aspirapolvere: un mucchio di pezzi che non riesco più a tenere insieme.

Un episodio così stupido come quello di sabato basta a farmi desiderare di essere altrove. Non mi riconosco più: sono sempre stata sorridente, allegra, comprensiva; adesso invece ho dei comportamenti di cui mi vergogno. A volte, quando discutiamo, so che ha ragione lui e che magari esagero e sono una rompiscatole, ma è più forte di me: ormai non lo sopporto più. Alcune mattine mi sveglio e sono già di cattivo umore, devo uscire subito dal letto perché perfino le coperte sembrano fatte per imprigionarmi. Non mi era mai successo. Ho paura di diventare una donna cattiva. Mi capita di avere gli stessi atteggiamenti che ho sempre odiato in mia madre.

Non so che fare, non so come uscirne. Non so nemmeno se ho voglia di affrontare tutte le difficoltà, anche pratiche, a cui andrei incontro separandomi. Non sapere cosa fare di me stessa mi toglie energia e spinta interiore. Mi chiedo se avrò la forza di spezzare i legami che ho costruito giorno dopo giorno. Non ho la serenità per affrontare ciò che troverei andando via da qui.

Avrei bisogno che qualcuno mi ascoltasse.

29 gennaio

Sono tornata a casa dopo una difficile giornata di lavoro. Da quando sono diventata responsabile marketing, nell'azienda ho attirato l'attenzione di molti. La cattiveria stupida di certa gente mi lascia senza parole. A volte mi verrebbe voglia di mandare tutti a quel paese.

Federica mi ha detto che oggi Binetti faceva delle battute allusive su di me. Insinuava che io e il capo abbiamo avuto una storia. Non è la prima volta che lo fa.

A cena avevo voglia di sfogarmi con qualcuno. Ho detto a Paolo cosa mi era successo. Avevo bisogno di una voce amica, di essere compresa e rassicurata. Quante volte anch'io ascolto i suoi problemi di lavoro. Questa sera toccava a me. Paolo non mi ha nemmeno fatto finire di parlare: «Allora io cosa dovrei dire?». E ha iniziato a raccontarmi la sua giornata, paragonando i miei fastidi ai suoi, e dicendomi che non dovrei lamentarmi, che i miei problemi non sono nulla in confronto a quello che deve sopportare lui.

Non ho più parlato. Avrei voluto che per una volta mi ascoltasse e mi dicesse qualcosa di carino. Bastava anche solo un abbraccio silenzioso. Sono proprio stupida a rimanerci ancora male. Lui è fatto così e non cambierà mai.

30 gennaio

Federica questa mattina è entrata in ufficio stravolta. Mi ha raccontato di essere uscita con un ragazzo con cui si sente da giorni e di averci fatto l'amore. Mi ha detto che uno con una resistenza simile non l'aveva mai incontrato. Hanno iniziato a fare l'amore dopo cena e lei verso le due ha chiesto una pausa. «Quando sono andata in cucina a prendere dell'acqua, barcollavo come se mi avesse svitato le anche. Ho preso paura.»

Abbiamo riso molto. «Uno così non può andare in giro a piede libero. Dovrebbero segnalarlo con qualcosa, una medaglietta, un timbro sul braccio.» Rido sempre ai racconti delle sue avventure e la complicità che abbiamo raggiunto è sicuramente una delle cose che mi fa andare al lavoro volentieri.

Oggi è stata una giornata dura, ma la riunione è andata bene. Sono stata brava: ho gestito in modo impeccabile la presentazione e ho affrontato senza problemi gli imprevisti che si sono presentati. Per noi il lancio di questo nuovo prodotto è molto importante, per questo il capo ha scelto di investire molto nella comunicazione. Ci siamo affidati a una nuova agenzia e da subito hanno dimostrato grande professionalità. Devo essere sincera: Federica mi ha aiutata molto. Ormai siamo affiatatissime, ci basta uno sguardo per capirci. Quando siamo uscite dalla riunione per la pausa caffè, mi ha chiesto se avevo notato come mi guardava il copy dell'agenzia.

Con tutti i problemi e la tensione della riunione, l'ultima cosa a cui pensavo era proprio chi mi stava davanti...

E invece no, ricordo bene come mi guardava lui quel giorno, durante la riunione. Chissà perché quella sera ho mentito persino a me stessa, nelle pagine del diario. Forse perché volevo continuare la bugia detta a Federica: «Non l'ho notato. Comunque non credo mi guardasse nel modo in cui intendi tu... semplicemente gli ero seduta di fronte».

«Sarai anche brava come responsabile marketing, ma per queste cose proprio... Meglio così, magari smette di guardare te e inizia a guardare me. Sono anche libera questa sera!» E aveva riso.

Ero andata in bagno e non avevo potuto fare a meno di notare quanto i miei capelli non fossero a posto. La riunione era poi ricominciata e io, condizionata dalle parole di Federica, mi ero accorta che in realtà lui mi guardava spesso e mi faceva anche dei sorrisi.

Era un bell'uomo, capelli scuri con qualche accenno brizzolato nelle basette, occhi neri. La camicia, la giacca e la cravatta impeccabili, senza nemmeno l'ombra di una sgualcitura. A fine riunione se ne era andato insieme agli altri suoi collaboratori e mi aveva salutato per ultima. Mi aveva dato la mano guardandomi negli occhi senza mai distogliere lo sguardo. Mi aveva turbata. Quello sguardo mi era rimasto addosso per ore. Per tutto il giorno.

Anche la sera, mentre tornavo a casa in macchina, ripensandoci mi ero ritrovata a sorridere senza motivo. In quel periodo non ero abituata a essere guardata così.

2 febbraio

Lo so, costano un occhio della testa, ma mi piacciono. E poi non mi compro mai niente. Sicuramente adesso per un po' non comprerò più niente. Me ne sono innamorata subito quando le ho viste in vetrina, continuavano a tornarmi in mente. Questa mattina, mentre ero ferma al semaforo, ho notato una ragazza che ne indossava un paio simili. Ho deciso di prenderle. Dopo il lavoro sono corsa al negozio e le ho comprate. Quando sono arrivata a casa, le ho provate subito. Mi stanno una favola. Sono andata di là da Paolo a farmi vedere e chiedergli se gli piacciono. Per prima cosa lui mi ha ricordato che ho un armadio pieno di scarpe e stivali e che dovrei smettere di buttare i soldi così. Poi ha aggiunto che sono troppo aggressive per me. Vorrà dire che le metterò quando esco senza di lui.

Sono venuta in camera e mi sono spogliata. Cosa ne sa lui di queste cose? Appena ha parlato di soldi, sono scappata; se mi avesse chiesto quanto le ho pagate, probabilmente avrei mentito. Anzi, sicuramente.

Mi sono appena girata a guardare le scarpe. Le mie nuove décolleté sono bellissime. Ho fatto proprio bene.

3 febbraio

Federica mi fa veramente ridere: oggi è arrivata in ufficio con una scollatura molto profonda, tanto che a un certo punto gliel'ho anche fatto notare. Mi ha risposto che lo aveva fatto di proposito perché la mattina si era svegliata tardi e non aveva fatto in tempo a lavarsi i capelli. «Almeno gli uomini non se ne accorgono perché guardano da un'altra parte.»

Durante il giorno mi capita di pensare a come mi guardava quell'uomo. Penso a quando ci siamo salutati. Tra qualche giorno ci sarà una nuova riunione.

Avevo così paura di quell'incontro che non l'ho nemmeno scritto nel diario, continuavo a fingere anche con me stessa, facevo finta che la presenza di quell'uomo non avesse cambiato nulla dentro di me.

In quel momento attribuivo a quello sguardo e a quell'uomo la sola causa del mio turbamento. In realtà a distanza di tempo ho capito che la mia reazione dipendeva in parte anche dal fatto che ormai da anni non mi sentivo una donna desiderata. In quel periodo della mia vita solamente per sentirmi donna avevo bisogno dell'aiuto di un tacco dodici, un vestito scollato, un rossetto acceso. Anche oggi mi capita di mettere tutte queste cose, ma ho imparato che sono solo accessori: io sono donna anche con un paio di jeans e le scarpe basse, senza trucco.

5 febbraio

Oggi è andato tutto bene. Non ci saranno altre riunioni, solo la convention e la cena di gala a Londra con quelli della sede centrale. Poi fine.

È stato uno dei lavori più faticosi che abbia mai fatto. In questi giorni, mentre mi tornava in mente lui, sorridevo ma cambiavo subito pensiero. Questa mattina, prima di uscire di casa, mi sono ritrovata immobile davanti all'armadio aperto indecisa su cosa indossare.

Alla riunione facevo di tutto per non guardarlo, per non incoraggiare in alcun modo il suo atteggiamento, e soprattutto per non far nascere in me pensieri insensati. Sul lavoro non voglio che si creino situazioni potenzialmente imbarazzanti. Mi hanno sempre dato fastidio. Conosco molto bene gli uomini che non ti trattano da professionista. Ne ho affrontati tanti: uomini che non ti guardano, che non ti lasciano parlare e, se riesci a farlo, ti interrompono prima che tu abbia terminato, o alla fine delle tue parole hanno sul volto un sorriso di superiorità misto a compassione. Uomini che in testa hanno l'equazione semplicistica: carina uguale a stupida. Quelli che pensano che se hai una posizione di responsabilità automaticamente devi essere andata a letto con qualcuno. Come quel cretino di Binetti. Non riesce ad accettare che io sia dirigente senza essere passata da un letto.

Allora perché, malgrado la mia indifferenza, è venuto nel mio ufficio e ha fatto quello che ha fatto?

Anche se all'epoca non sapevo ancora nulla di lui, mi erano bastate quelle poche occasioni di incontro per intuire che non era quel tipo di uomo, però non potevo avere la certezza che non tentasse di sedurmi per trarre dei vantaggi sulle trattative.

Non volevo confessarlo nemmeno a me stessa, ma speravo che le sue attenzioni fossero sincere e disinteressate.

Durante le riunioni parlava poco, con voce calda. Era uno di quegli uomini che non temono lo sguardo degli altri. Era molto concreto: i punti che segnalava e le critiche che avanzava erano sempre pertinenti.

Nella pausa, mentre tutti erano a prendere un caffè nel salottino, io sono andata alla mia scrivania per sistemare alcune cose.

«Che pausa è se vieni qui a scrivere?»

Sentendo la sua voce alle mie spalle, mi sono imbarazzata. Mi sentivo il viso caldo.

«Non mi andava di bere il caffè e poi è meglio se sistemo subito questa cosa, ci farà perdere meno tempo.»

«Allora ti aspettiamo di là...»

«Sì, sì, grazie.»

Se ne è andato e io ho fatto fatica a finire ciò che stavo facendo. Ero distratta.

Ricordo che per il resto della riunione ho cercato di essere disinvolta e tranquilla, ma non lo ero. Per fortuna a quel punto non toccava più a me parlare. Qualcosa non mi faceva stare serena. Non avevo nemmeno più bisogno di alzare lo sguardo per accorgermi dei suoi occhi su di me.

Alla fine della riunione mi sono accorta che faceva di tutto per avvicinarsi. Mi ha salutata per ultima e mi ha guardata negli occhi. Io ho tenuto lo sguardo basso e l'ho salutato in modo sbrigativo. Mi sentivo salva.

Quella sera, uscendo dall'ufficio, nella tasca del cappotto ho trovato un foglietto: c'erano scritti il suo nome e il suo numero di telefono personale. Ho sentito una vampata. Subito l'ho rimesso in tasca quasi dovessi nasconderlo. Come se solo il fatto di averlo in mano mi rendesse colpevole di qualcosa. Ho poi aperto il cassetto della scrivania, quello che tengo chiuso a chiave, e l'ho buttato lì dentro. Ero sola in ufficio eppure mi sentivo osservata. Ho chiuso a chiave e sono tornata a casa.

6 febbraio

Questa mattina, appena arrivata in ufficio, ho aperto il cassetto per controllare se era successo veramente: il biglietto era ancora lì. Continuavo a guardarlo, poi lo rimettevo via. Durante la giornata era come se lì dentro, chiuso a chiave, ci fosse qualcosa di vivo.

Mi piace il fatto che sia scritto a mano e non sia un biglietto da visita prestampato con la solita riga sul cognome.

Quel numero non lo farò mai. Ne sono sicura. Lo sono stata da subito. Eppure non sono riuscita a stracciarlo... è ancora là, nel cassetto.

Non ne ho parlato con nessuno, nemmeno con Federica. Non so perché mi sono comportata così. Mi sembrava di fargli un torto.

L'ho detto solamente a Paolo. Durante la cena gli ho raccontato tutto, dicendo però che era successo a Federica.

«Sarà uno di quegli uomini che fanno sempre così, uno come mio fratello: se capiscono che c'è una piccola possibilità, ci provano subito. Con te non ha fatto il cretino perché avrà visto che porti la fede.»

Le sue parole mi hanno infastidita. Non tanto perché Paolo la pensi così, quanto per il fatto che forse quell'uomo possa avermi vista come una facile.

Non vedo l'ora che arrivi lunedì per andare in ufficio a stracciare il biglietto.

9 febbraio

Oggi ho ricevuto buone notizie in ufficio. Sono contenta, mi hanno affidato un altro progetto che seguirò con Federica.

Ho stracciato il biglietto con il suo numero di telefono. Devo ammettere che ci ho pensato un po' prima di farlo, poi ho capito che era la cosa giusta. Non mi va più di parlarne.

Voglio scrivere, invece, di Paolo. Da un paio di giorni è diverso. Questa sera, quando è rientrato dal lavoro, mi ha perfino dato un bacio. Non lo fa mai. Tanto che l'ho guardato come dire: che succede? Ma lui si era già allontanato e aveva già la testa nel frigorifero. A cena era strano, sembrava distratto, ma era più affettuoso del solito. Ho avuto paura che avesse letto il diario. Ma è impossibile. Non lo farebbe mai.

Quando mi lamento di Paolo in queste pagine, poi mi sento sempre in colpa. Spesso vorrei cancellare tutto, riaprire il diario e strapparne le pagine, ma nei diari non si può cancellare o strappare. È una mia regola: negli anni ho scoperto che le cose che ho avuto la tentazione di cancellare con il tempo si sono rivelate le più vere. Mi terrorizza l'idea che possa finire in mano a qualcuno. A Paolo, alla donna delle pulizie, a qualche ladro. Nessun oggetto in casa ha più valore di queste pagine.

10 febbraio

Ieri Paolo mi ha dato un bacio. Stamattina mi ha detto che domenica andremo a pranzo da sua madre. Non ho parole. Il bacio di Giuda: Paolo sa benissimo quanto mi pesino i pranzi da sua madre.

Oggi sono uscita dall'ufficio con quel pensiero e mi è venuta voglia di andare dal parrucchiere a tagliarmi i capelli.

Non mi piaccio mai quando esco dal parrucchiere. Ho sempre bisogno di tornare a casa e sistemarmi come piace a me. Davanti al parrucchiere non riesco a farlo, ho paura di offenderlo. Però oggi ero contenta del taglio, mi sembrava di avere il viso più giovane. Anche se non ho voglia di andare da sua madre e il suo bacio di Giuda mi ha infastidita, sono tornata a casa senza pensieri. Non ero arrabbiata e nemmeno triste. Poi però cenando con Paolo quella leggera allegria è sparita. Non so se è per i suoi silenzi, se è perché non si è nemmeno accorto della mia nuova pettinatura, ma mi sento malinconica. Eppure non è la prima volta che non nota i miei cambiamenti.

Chi è più cieco tra me e lui? Lui non riesce a vedere, io non riesco a capire. Non riesco a capire perché ancora ci rimango male. Paolo tornerà mai a guardarmi con gli occhi delle prime volte?

I pranzi da mia suocera erano una tortura. Ogni volta era come un esame all'università. Anzi, peggio. Quel giorno c'era anche il fratello di Paolo, Simone. Allora aveva quasi quarant'anni, ogni due mesi era fidanzato con una donna diversa ed era sempre pronto a criticare le persone sposate: «Con il matrimonio non ci si promette l'amore, ma di restare insieme anche quando non ci si ama più. Poverini... vi fa paura la solitudine, eh? Vi terrorizza l'idea di invecchiare da soli. In verità siete già soli e non ve ne accorgete».

Le prime volte mi infastidiva il suo atteggiamento e cadevo sempre nelle sue provocazioni. Anche se lui diceva tutto in maniera simpatica e ironica, ci discutevo. Difendevo il matrimonio in modo così aggressivo che spesso, quando nel diario scrivevo i miei pensieri più intimi, mi chiedevo se realmente credessi alle cose che avevo scritto. Simone, a poco a poco, insinuava dentro di me dei dubbi. A volte sono addirittura arrivata a pensare che in quelle parole che dicevo con tanto fervore in realtà forse non credevo più, e che erano solo delle scatole vuote.

Adesso, dopo tutto quello che è successo, vedo Simone in maniera diversa. Mi sembra così spaventato dall'amore che mi fa persino tenerezza. In una cosa, però, era sicuramente più bravo di Paolo: a liberarsi dai tentacoli della madre.

Lei è una donna che fa leva sui sensi di colpa e sul vittimismo. «Sono sempre qui da sola, da quando è morto vostro padre non esco più e non c'è più nessuno che mi accompagna in giro in macchina. Volevo andare da vostra cugina Marina a vedere la bambina appena nata...»

E Simone: «Mamma, lo sai che esistono i mezzi pubblici? Sono un'invenzione bellissima: paghi un biglietto e un signore vestito di blu ti porta dove devi andare. Pensa che addirittura ci sono i taxi, che ti portano proprio sotto casa, e quelli che li guidano ti dicono anche grazie quando scendi...».

Invece Paolo: «Mamma, non ti preoccupare, più tardi ti portiamo io ed Elena da Marina, va bene?».

Quando succedevano queste cose, fulminavo mio marito con uno sguardo, ma lui faceva una faccia patetica, come a dire: "Povera mamma".

Mia suocera è una donna che vive nel suo passato, quando era moglie e mamma a tempo pieno. Raccontava continuamente aneddoti che ormai conoscevo a memoria: erano sempre gli stessi e li ripeteva come un disco rotto. Quando parlava del marito, invece, c'era una specie di mitizzazione e le frasi iniziavano sempre con il *se*: "Se ci fosse ancora tuo padre questa cosa non sarebbe successa..."; "Se tuo padre fosse ancora qui ci avrebbe pensato lui..."; "Se tuo padre ti sentisse dire queste cose ti raddrizzerebbe lui la schiena...".

A me la mamma di Paolo non era simpatica, l'ho scritto un sacco di volte nel diario, e lei non faceva niente per farsi voler bene. Odiavo come diventava Paolo in sua presenza. Tornava figlio bambino, incapace di contraddire, di dire no a qualsiasi richiesta. E poi non ho mai sopportato l'abitudine di afferrarti un braccio e stringerlo quando ti parla, come se avesse paura che tu possa scappare.

Con me, poi, non era gentile. Criticava sempre tutto: come cucinavo, come facevo la spesa, dove la facevo, come lavavo, come mi vestivo.

Quel giorno, appena ci siamo seduti a tavola, ha esordito così: «Ma non gli stiri le camicie che è sempre in maglietta e maglione? Sta così bene con le camicie... Paolo, vuoi che te ne compri un paio qui sotto al negozio?».

«No, mamma, ne ho abbastanza di camicie e poi abbiamo la donna che le stira, non le stira Elena. Lo sai che lavora tutto il giorno anche lei» ha provato a replicare.

«Anch'io lavoravo, ma non avevamo la possibilità di avere una donna. Toccava fare tutto a me, e tuo padre guai se non trovava le camicie stirate bene, era una tragedia, te lo ricordi? Ah, a proposito del negozio qui sotto, ho preso sia a te che a tuo fratello delle mutande in offerta. Sono di un cotone bello...»

«Mamma, la smetti di comprarmi le mutande?» è sbottato Simone. «Te l'ho già detto che non voglio.»

«Stai zitto, che a te non va mai bene niente.» Si è alzata da tavola, è andata nell'altra stanza ed è tornata con due sacchetti.

«Vuoi che me le metta adesso mentre mangiamo, così sei contenta?» ha ironizzato il fratello di Paolo lanciando il suo sacchetto sul divano. A volte Simone mi faceva veramente ridere.

Paolo, invece, dopo aver ringraziato, ha osservato per bene le sue mutande davanti e dietro, mi ha guardata e mi ha chiesto: «Ti piacciono?». Io ho fatto mestamente cenno di sì con la testa, lui le ha ripiegate, le ha rimesse nel sacchetto e lo ha appoggiato vicino all'ingresso, per paura di dimenticarlo.

Durante il pranzo mia suocera ha continuato a parlare della cugina che era diventata mamma da poco, ma che non era sposata.

«Ma a te, mamma, cosa interessa se loro si sposano o no? Domandati se sono felici. Cosa ti cambia?»

«Certo, Simone, per te va sempre bene tutto. Ad ascoltare te sono stupidi gli altri a sposarsi. Non capisco, adesso che hanno anche una bambina, perché non si sposano. Se come dici tu non cambia niente, allora che lo facciano.»

«Ma lasciali in pace, poverini. Guarda sua sorella che si è sposata a venticinque anni e adesso è una botte depressa. Pensa solo a cosa dare da mangiare ai figli, che sono già due piccole botti anche loro.»

«Cosa c'entra questo con il matrimonio?»

«Eh lo so, lo so, non c'entra mai niente...»

«Tanto vedrai che appena trovi quella giusta cambierai anche tu idea e ti sposerai subito, di filata.»

«Contaci, mamma.»

«Ah beh, certo, finché continui a uscire con quelle lì...»

«Quelle lì chi? Cosa vuoi dire?»

«Hai capito cosa intendo, non farmelo dire che è anche domenica, ma hai capito. E poi lo ha detto anche questa mattina il papa all'Angelus che se non si è sposati non si è una famiglia.»

«Ecco, brava, tira fuori anche il papa adesso, che andiamo bene. Che ne sa lui di matrimoni? Si è mai sposato, lui? Bastasse solo sposarsi per essere una famiglia avremmo risolto i problemi del mondo. Per quanto riguarda le donne con cui esco, bisogna che tu impari che se una donna rifiuta di essere moglie o madre non significa che sia una puttana.»

«Simone! È domenica e siamo a tavola. Se ci fosse qui tuo padre non parleresti così.»

Anche quella domenica, come tante altre in cui c'era il fratello, io e Paolo abbiamo parlato poco perché Simone e sua madre hanno battibeccato tutto il tempo. Abbiamo bevuto il caffè e mangiato la torta gelato che avevamo portato noi. A fine pranzo, come sempre, ho finto di volerla aiutare a lavare i piatti, ma lei mi ha bloccata. Non ho insistito. Simone fumava, mentre la madre gli diceva che avrebbe dovuto smettere o che almeno poteva comprarsi le sigarette già fatte, invece di arrotolarsele.

«Prima o poi glielo dico che non sono sigarette...» mi ha sussurrato lui facendomi l'occhiolino.

Io desideravo solo di essere a casa il prima possibile. Prima di uscire, Paolo è andato in bagno e quando è tornato sua madre immancabilmente ha ripetuto la stessa frase da quando la conosco: «Hai spento la luce in bagno?». Bastava mettere un piede fuori da una stanza perché lei si assicurasse che le luci fossero state spente.

Davanti all'ascensore, mentre aspettavamo mia suocera, Simone ha lanciato a Paolo il suo sacchetto con le mutande. «Mettiti anche le mie. Sono di un *cotone bello*.»

«Guarda che adesso portiamo la mamma da Marina. Se vede che mi hai dato le tue mutande, ci rimane male.»

«Consolala tu, che sei bravo. Ciao, tristi.» Ha fatto due gradini, poi si è girato verso di me. «Stai bene con questo taglio.»

Paolo mi ha guardata. «Ah, è vero... ti stanno bene.»

16 febbraio

È tutto confermato: tra una settimana andremo a festeggiare la buona riuscita del progetto a Londra. Ci sarà una giornata di lavoro, poi aperitivo e cena. La mattina dopo ripartiremo. Sono contenta di questo viaggio, spero di avere un po' di tempo per visitare la città. È tanto che non vado a Londra. Con Federica abbiamo già elaborato un piano di fuga prima dell'aperitivo. Abbiamo preparato anche una lista di negozi che dobbiamo assolutamente vedere.

Paolo è appena entrato in camera e mi ha chiesto in un tono antipatico che cosa avrò da scrivere sul diario tutte le sere. «Che sei un marito noioso» gli ho risposto. Ha sorriso.

Gli ho chiesto se vuole venire con me a Londra. Oggi ci pensavo e mi sembrava una buona idea, magari ci farebbe bene un'aria diversa. Mi ha risposto che gli piacerebbe, anche solo per impedirmi di buttare via soldi per negozi, ma che il lavoro non glielo permette. Ho insistito, però non c'è stato niente da fare.

Forse è meglio così.

È proprio un marito noioso.

17 febbraio

Questa sera siamo usciti a cena con Giovanni e Anna. Di tutte le coppie che conosciamo loro sono i miei preferiti. Sono belli insieme. Sono simpatici, allegri e hanno sempre qualcosa di divertente e interessante da raccontare. Non credo fingano. Sembrano amarsi parecchio. Lei ha raccontato di essersi iscritta da circa un mese a un corso di tango. Era entusiasta. Ha detto che è una specie di droga, non riesce più a farne a meno, si diverte e il suo insegnante le ha detto che è già molto brava.

Lei e Giovanni andranno due settimane in Argentina. Abbiamo scherzato molto sulla possibilità che lui balli il tango, perché non è assolutamente portato. Abbiamo riso del suo modo scoordinato di muoversi, ricordandoci un Capodanno insieme quando ci sono scese le lacrime dal ridere nel guardarlo in pista.

L'Argentina è stata un'idea di Giovanni. A tavola scherzando ci ha detto: «Le ho regalato un corso intensivo così io durante il giorno sono solo e posso andare in giro a fare il galletto con le argentine».

Anna ha sorriso e ha detto di essere tranquilla perché Giovanni non può competere con gli argentini, che secondo lei sono fatti per fare l'amore, come i cubani.

Paolo le ha chiesto come faceva lei a saperlo.

«Nella mia vecchia casa avevo un vicino argentino e la sera, quando faceva l'amore, sembrava tirasse raffiche di pallonate in uno stanzino. Una sera sono salita in ascensore con una ragazza che andava da lui, l'ho guardata come si guarda uno che ha in tasca il biglietto vincente della lotteria e ancora non lo sa.»

Al di là delle battute, il regalo di Giovanni mi ha com-

mossa. A tavola lui le prendeva la mano, la accarezzava, la baciava. Noto sempre come la guarda mentre lei parla, provo quasi invidia. Il mio rapporto con Paolo non contempla manifestazioni di affetto in pubblico. Veramente nemmeno in privato.

Mi sono anche messa il vestito che ho comprato sabato e ho cercato di essere il più carina possibile, ormai non so nemmeno se lo faccio più per me o per Paolo. Mi piace l'idea che mi facciano i complimenti in sua presenza. Questa sera me ne hanno fatti parecchi. Lui non mi ha detto nulla.

Quando siamo tornati a casa in macchina, non abbiamo aperto bocca. L'unica cosa che ha detto Paolo è che l'Argentina è pericolosa e che "quei due" devono stare attenti. Nel silenzio di quel viaggio in macchina ho provato all'improvviso la stessa sensazione dell'altro giorno in ufficio. Silvia ha ricevuto un mazzo di fiori e quando il fattorino lo ha consegnato ero curiosa di sapere per chi fossero. Si è fidanzata da poco e il suo ragazzo le fa queste sorprese. L'aspetta anche sotto l'ufficio per non farle prendere l'autobus. Mi vergogno un po' a scriverlo, ma avevo sperato che fossero per me. È da anni che Paolo non mi regala dei fiori, a parte la solita mimosa alla festa della donna. Certo, non posso chiedere a mio marito di spedirmi delle rose. È un pensiero che dovrebbe venire da lui. Il problema è che non posso nemmeno aspettarmi un viaggio in Argentina. Ma, a differenza delle rose, in questo caso sono responsabile anch'io. Da quanto tempo non inizio una cosa nuova? Una cosa che mi coinvolga, che ci coinvolga? Probabilmente non andrei a ballare il tango, però potrei trovare qualcosa di più simile a me. Per questo a un certo punto gli ho detto: «Potremmo fare anche noi un viaggio... magari a Pasqua, e in un posto più vicino dell'Argentina...». Mi sono quasi vergognata nel dirlo, ho provato una sensazione di disagio. Poi ho aggiunto: «Ma sei proprio sicuro che non vuoi venire a Londra?».

Senza voltarsi, con lo sguardo fisso sulla strada, mi ha risposto: «A Londra non posso, sono pieno di lavoro. Però un viaggio più in là sì... perché no? Non a Pasqua, che per me è un periodo complicato, ma subito dopo si potrebbe fare».

Nel momento stesso in cui lo ha detto, sapevamo entrambi che quel viaggio non lo avremmo fatto mai. Per noi non è mai il momento giusto. Siamo diventati bravissimi, però, a far finta che non sia una delle solite bugie. Per qualche istante, secondo me, ci crediamo pure e riusciamo anche a vivere una piccola eco di quelle emozioni solo annunciate e mai vissute.

Ci sono giorni però in cui tutto mi stanca, anche le cose non fatte.

In questo momento mi sembra già tanto andare a Londra la prossima settimana.

Il giorno prima di partire avevo sentito Carla al telefono. «Ma che cartolina... Se vedo una cosa carina te la prendo!»

«Io voglio una cartolina, è tanto che non ne ricevo. Poi se trovi anche qualcosa di carino mica mi offendo.»

«Ci penso io. E quale cartolina vuoi: una con la foto della regina d'Inghilterra, con Lady D, o Carlo e Camilla?»

«Ne preferirei una in cui si vede Londra.»

Solo Carla poteva chiedermi una cartolina.

In quella telefonata avevamo parlato di lui, l'uomo che mi guardava. Non mi andava di tornare sull'argomento, tuttavia non avevo potuto fare a meno di confidare a Carla che speravo di non trovarmi in situazioni imbarazzanti. Lei mi aveva detto di non preoccuparmi e di pensare piuttosto a che vestiti portare, anzi, mi aveva anche ricordato le scarpe nuove. Ci avevo già pensato, ma mi erano tornate in mente le parole di Paolo: "Portale, perché se non le metti in queste occasioni quando le metti?".

«Non vorrei sembrare troppo aggressiva. Poi magari le altre mettono delle scarpe normali e arrivo io con un tacco dodici. Lo sapevo che non le avrei mai messe, ho buttato via i soldi, ha ragione Paolo.»

«"Ha ragione Paolo" è una frase che non si può sentire, e poi che ti frega delle altre? Fai come ti dico, fidati: metti in borsa quelle scarpe.»

23 febbraio

Londra è bellissima. Appena terminati gli incontri di lavoro, io e Federica siamo corse a fare shopping. Mi sono comprata una gonna, una maglietta, un paio di scarpe, e ho anche preso delle cose carine per la casa. Avrei speso molto di più, ma sono stata brava a non esagerare. Oltre al negozio Liberty, dove ero già stata, mi sono innamorata di un altro store che si chiama Anthropologie, in Regent Street, e anche del ristorante dove abbiamo bevuto un tè: Ottolenghi, a Notting Hill. Poi siamo tornate in albergo per l'aperitivo e la cena. È stato tutto divertente, non mi sembrava nemmeno di essere lì per lavoro.

Durante l'aperitivo in piedi lui non mi ha cercata né considerata più di tanto, abbiamo scambiato solo qualche parola veloce, e io stavo molto sulla difensiva. Ho pensato fosse risentito perché non l'ho mai chiamato. In ogni caso non ha fatto cenno al biglietto.

Mi sono sentita stupida ad aver dato troppo peso ai suoi sguardi. A cena l'ho osservato più io di quanto abbia fatto lui con me. Quando i nostri sguardi si incrociavano, mi sorrideva e mi faceva il gesto di brindare con lui a distanza. Poi continuava a parlare con altri. Se mi accorgevo che mi stava osservando, provavo un certo piacere. Quando invece vedevo che parlava con altre, ero quasi gelosa.

Poi è successo: mi sono girata per guardarlo e lui mi stava fissando con uno sguardo diverso, profondo. In quell'istante mi ha fatto sentire "scelta", come se avesse deciso che dovevo essere sua. Mi sono sentita desiderata in maniera totale. Ho distolto lo sguardo e non mi sono più girata verso di lui per il resto della cena.

Più tardi ci siamo spostati al bar. Lui ha tenuto in piedi la serata: ci ha fatto ridere molto e alla fine ha conquistato tutti, maschi e femmine. Ho capito che per lui non è certo difficile sedurre una donna.

Non mi serve rileggere le pagine di quel viaggio a Londra. Ricordo tutto come fosse ieri. Ero davanti alla porta della mia stanza quando ho sentito arrivare il secondo ascensore e la sua voce: «Buonanotte, Elena».

Ero imbarazzata, ma sentirmi chiamare da lui mi aveva piacevolmente sorpresa.

«Non ti spaventare, non ti sto seguendo. La mia camera è dopo la tua, devo passare per forza di qui.»

«Non sono spaventata.»

Invece sì, lo ero.

Lui si è avvicinato. Molto vicino. Al punto che il mio naso si è riempito del suo odore. Avevo bevuto un po' e forse era per quello che sentivo come una leggera vertigine. Si è avvicinato ancora di più. Ha iniziato a girarmi la testa.

«Scusami se sono salito anch'io adesso, sembra che ti abbia seguita... in realtà non è che sembra, l'ho fatto di proposito perché volevo dirti una cosa.»

In quell'istante ho avuto paura che guardandomi negli occhi da così vicino potesse capire che lo desideravo anch'io.

«Volevo complimentarmi per come hai svolto tutto il lavoro e per come hai chiuso il progetto. Spero di avere altre occasioni per lavorare con te.» Poi, con un gesto delicato, mi ha spostato i capelli dal viso. «Buonanotte» e si è diretto verso la sua stanza.

Quando ci siamo trovati entrambi davanti alla nostra porta, ci siamo dati un'ultima occhiata.

«Stai molto bene con quelle scarpe.»

Ho detto "grazie" e sono scappata dentro la stanza in un secondo. Ho chiuso la porta e mi ci sono appoggiata contro con la schiena. Mi tremavano le gambe. Le ginocchia si sono piegate facendomi scivolare lentamente finché mi sono ritrovata seduta a terra. Dopo qualche secondo ho avuto la sensazione di sentire i suoi passi tornare verso la mia stanza. Ho accostato l'orecchio alla porta. Ero al buio, con gli occhi chiusi, e ascoltavo ogni piccolo rumore. Avevo il cuore che batteva a mille e le mani sudate. Sono rimasta immobile qualche minuto in quella posizione, poi mi sono sdraiata a letto.

Ero agitata. Il cuore non voleva smettere di battere forte. Ma non era solamente il cuore che pulsava. Tutto il corpo era scosso, acceso, vivo, vibrante.

Non sono riuscita a prendere sonno per diverso tempo. Lentamente l'agitazione se ne è andata e mi sono finalmente addormentata.

Al risveglio, la mattina, mi sentivo distante da quello che era successo la sera prima, come se avessi sognato tutto. Mi sono ripromessa di non bere più. Poi ho chiamato Carla.

«Dimmi che sei appena tornata in camera tua facendo attenzione che nessuno ti vedesse uscire dalla sua stanza. Dimmi che hai passato tutta la notte con lui, e che in questo momento hai una fame che ti mangeresti tutto il buffet della colazione...»

«Carla! Mi sono appena svegliata da sola nella mia stanza, mi spiace deluderti. C'è mancato poco, però...»

«Ci ha provato?»

«No, non direttamente.»

«Cosa significa "non direttamente"?»

«Mi ha lanciato uno sguardo durante la cena che mi ha fatto venire la pelle d'oca, poi nel corridoio mi ha salutata da molto vicino.»

«E ti ha baciata?»

«No, ha proseguito verso la sua stanza.»

«Ma dove sono finiti gli uomini di una volta?»

«Meglio così, ieri sera c'è stato un momento in cui avrei potuto anche dire di sì. Avevo bevuto e c'è mancato poco per fare la cazzata e complicarmi la vita.»

«Chi può dirlo? Magari invece ora ti sentiresti benissimo.»

«Non credo, in questo momento la mia vita mi sembra già abbastanza incasinata. Ci manca solo una cosa del genere.»

«Invece sai che ieri sera ti pensavo lì con lui e ti ho immaginata che stavi bene?»

«Sei matta?»

«No, no, ci ho pensato molto e alla fine credo ti farebbe proprio bene.»

«Basta andare contro Paolo e tu...»

«Questo è vero. Hai messo le scarpe nuove?»

«Sì.»

«Con il vestito nero o con quello rosso?»

«Rosso.»

«Brava. Senti, quando vieni da me che ci facciamo un bel weekend insieme? Ho un sacco di cose da dirti.»

«In settimana vedo come sono messa con i lavori nuovi e appena lo so ti dico. Non vedo l'ora. Ho bisogno di stare un po' con te, è un periodo strano questo.»

Dopo la telefonata sono scesa. Paolo non mi aveva chiamata, non mi aveva nemmeno mandato un messaggio per sapere com'erano andate la convention e la cena. Quando sono arrivata nella sala delle colazioni, lui era seduto da solo.

Mi sono diretta al buffet, indecisa se sedermi a un tavolo da sola o se andare al suo. Ho messo due fette di pancarré in un fornellino con un binario. Fissavo le fette di pane che sparivano dentro il fornellino: dopo pochi secondi sono scese dallo scivolo già tostate. Le ho rimesse sul binario una seconda volta, per prendere tempo. Sono uscite praticamente bruciate. Mi sono girata e lui era dietro di me.

«Hai riposato bene?»

«Sì.»

«Ti va di sederti al tavolo con me o preferisci rimanere sola?»

«Volentieri.»

Abbiamo fatto colazione insieme. Abbiamo parlato di tante cose: di cinema, di musica, di posti nel mondo, di vacanze. Non abbiamo mai accennato al lavoro né a quel famoso biglietto che mi aveva messo nel cappotto e che avevo strappato. Poi sono arrivati anche Federica e Giorgio, un altro collega. Ogni tanto, mentre gli altri parlavano, i nostri due sguardi si incrociavano e lui accennava sempre un sorriso delicato. L'aver iniziato quella colazione soli ci aveva donato una sorta di intimità. Quando ci siamo salutati, mi ha dato due baci sulle guance e mi ha sussurrato a un orecchio: «Hai un odore buonissimo».

27 febbraio

Cosa mi sta succedendo? Si può amare un uomo e desiderarne un altro?

Questa domanda mi perseguita da giorni e mi rende nervosa. Anche l'altra sera a cena criticavo tutti e tutto, tanto che me lo hanno fatto notare.

Questa mattina mi sono svegliata e ho guardato Paolo mentre dormiva. L'ho osservato bene e ho notato una cosa stupida: ha dei peli lunghissimi sulle orecchie. Non li avevo mai visti prima. Sono giorni che mi danno fastidio delle cose di lui che prima nemmeno notavo. Quando la mattina fa colazione mangiando l'uovo, non sopporto più il martellare che fa con il cucchiaino per rompere il guscio. E mi odio per questo, perché lui non fa niente di male.

In questi giorni lo guardo e mi sembra un estraneo, come se non lo conoscessi affatto. Mi sento continuamente in colpa quando sto con lui. Più mi infastidisce più mi vengono sensi di colpa, più ho sensi di colpa e più mi infastidisce. È sempre stato così con lui. Molte volte, senza un vero motivo, sento l'impulso di chiedergli scusa.

Mi sto trasformando in una vecchia isterica. Ieri sera Paolo, con ancora i capelli bagnati per la doccia e perfettamente tirati indietro tanto che si vedevano le righe del pettine, si è infilato la tuta e si è seduto sul divano a guardare la televisione mangiando pistacchi. Aveva anche sistemato un tovagliolo di carta sul tavolino per metterci i gusci. Mi sono alzata e sono andata in cucina facendo finta di prendere un bicchiere d'acqua, ma in realtà sono scappata dall'impulso di rovesciargli tutti i pistacchi in testa. Mi dava fastidio tutto: i rumori, vederlo sgranocchiare, perfino la montagnetta di gusci nel tovagliolo.

Sono sempre di più le cose che non sopporto di lui: gesti, azioni, modi di dire, abitudini che mi sforzo ogni giorno di ignorare. A volte mi scopro a comportarmi di proposito in modo di dargli fastidio: lo faccio per dispetto, questa è la cosa peggiore. Ci sono volte che sento il desiderio di punirlo per qualcosa che non mi spiego.

L'altro giorno si è avvicinato per darmi un bacio e mi sono sentita a disagio. Non mi piace più l'idea di baciarlo e nemmeno che lui mi tocchi. Il mio desiderio è scomparso. Non so perché e nemmeno dove sia andato, a cosa abbia lasciato spazio. Mi dà fastidio perfino quando mi vede persa nei miei pensieri e mi chiede: "Che c'è?". Vorrei rispondergli in maniera sgarbata, dirgli che non sono fatti suoi. Vivo tutto come un'invasione di campo.

Sono cattiva. Lo so.

Ho scoperto cosa c'è di peggio di un bacio negato quando lo desideri: un bacio ricevuto quando ormai è troppo tardi.

Prima avevo sempre voglia di parlare con lui, anche quando non era necessario. Adesso invece ho sempre voglia di stare zitta. Cado in lunghi silenzi. Cosa mi sta succedendo? Chi sto diventando? Mi sento doppia, come se una parte di me avesse iniziato a guardarmi, a osservare la mia vita. So solamente che sempre più spesso mi prende la voglia di andarmene via. Non so dove... via da tutto questo, dalla mia vita, da me stessa, dalle cose che ho e da quella che sono diventata.

Forse adesso mi basterebbe soltanto stare un po' da sola. Mi è venuta voglia di arredare la cantina e trasferirmi lì, ma sarebbe troppo dura e difficile da spiegare.

Meglio se vado a letto e la smetto con questo diario. Riconosco queste sere: potrei scrivere cose tremende e dopo non potrei più fare finta di niente.

3 marzo

Ultimamente mi guardo di più allo specchio. Mi osservo di fronte, di profilo, sposto i capelli, gioco a fare le facce, le espressioni, mi tiro la pelle del viso per vedere come starei con un lifting. Penso di avere un bel corpo per la mia età. Non vado in palestra, anche se dovrei, ma il mio seno è ancora bello e mi piacciono i miei fianchi. Credo che il mio sia un corpo desiderabile.

In questo periodo mi sento sfrontata. Provo il desiderio di essere meno ubbidiente.

Ieri, uscendo dal lavoro, sono andata con alcuni colleghi dell'ufficio a bere qualcosa. Di solito rifiuto l'invito, ma ieri sera in un impeto improvviso ho detto di sì. Ho preso due cocktail e quando sono usciti tutti a fumare li ho seguiti anch'io e ho chiesto di offrirmi una sigaretta. Non ho aspirato, ovviamente.

Dovrei uscire più spesso con altre persone, ieri mi sono divertita e mi sentivo più leggera e rilassata, non tesa come al solito. Ero anche un po' allegra per i due cocktail, tanto che non ho scritto prima di andare a dormire.

Mentre tornavo a casa in macchina ero felice, ma a un certo punto, non so perché, mi ha preso un po' di nostalgia e mi è venuto in mente quando tornavo a casa dopo la scuola. Ho desiderato aprire la porta e trovare mia madre che apparecchiava e che aveva preparato un piatto di pasta al ragù.

Chissà perché quando bevo divento nostalgica. Oggi dopo il lavoro mi sono concessa una vanità. Ho comprato un intimo, che indosso in questo momento mentre scrivo. È una sottoveste di pizzo nero. È la prima volta che compro una cosa del genere, ho sempre trovato il pizzo un po' volgare e non adatto a me. Invece questo, con il seno che si intravede appena, mi è piaciuto da subito, già al negozio appena l'ho provato.

Ora lo tolgo e lo metto nel cassetto prima che Paolo torni in camera. Sono sicura che troverebbe il modo per farmi sentire ridicola.

10 marzo

Prima di scrivere che cosa è successo oggi, voglio raccontare cosa è accaduto domenica mattina.

Dopo aver fatto colazione ho preparato il caffè e l'ho bevuto sul divano. Paolo era uscito. A un certo punto, mentre pensavo a tante cose tutte insieme, mi sono alzata di scatto e ho iniziato ad aprire le finestre di casa. Sembravo una matta. Non so spiegarmi cosa mi abbia spinto a farlo, ma ho avuto l'impulso improvviso di spalancarle tutte e fare entrare un po' di aria. Poi mi sono fatta la doccia e sono uscita a fare una passeggiata. Ho comprato anche dei fiori. Continuo a essere strana in questi giorni. Avrei bisogno di qualcuno che mi sapesse ascoltare e aiutare. Da sola riesco solo a riportare in queste pagine quello che provo e che vivo sulla mia pelle, ma non sono in grado di trovare una soluzione al mio disagio. Spero solo che tutto passi in fretta, che le cose si risolvano presto e i miei dubbi svaniscano.

Invece ho paura che tutto peggiori. Oggi ho fatto una cosa di cui mi vergogno e alla quale non trovo risposta.

Questo mese Silvia ha ricevuto per la seconda volta un mazzo di rose rosse in ufficio. Le ragazze si divertono a prenderla in giro. È bello il suo sorriso in questi giorni, è allegra e piena d'amore. Entra in ufficio e cammina come se i suoi piedi non toccassero terra. Oggi pomeriggio, prima di andare via, mi ha consegnato una mail che ha spedito all'agenzia. Nel leggerla mi sono accorta che ha confuso alcune informazioni che ci eravamo dette. Ho avuto una reazione esagerata. L'ho sgridata ad alta voce, non mi succede mai. Non so nemmeno perché me la sono presa così tanto. A momenti Silvia si metteva a piange-

re. Subito dopo mi sono pentita del mio comportamento e mi sono scusata con lei inventando una bugia: ho detto che avevo appena ricevuto una brutta notizia.

Questa sera sono venuti a cena degli amici. Ho cucinato verdure e tranci di tonno con aceto balsamico e semi di sesamo.

Scherzando, Dario mi ha detto che non mi merito un marito buono come Paolo. Non parlava sul serio, ma mi ha dato ugualmente fastidio. Sono stanca di sentirmi dire che Paolo è una persona fantastica, che mi ama, e che sono fortunata ad avere un marito così. È una brava persona, lo so benissimo, ma la verità è un'altra, e le persone che non vivono in questa casa non possono saperlo. Certo, non litighiamo quasi mai, non mi manca di rispetto... però nemmeno mi abbraccia e mi bacia, né mi trascina a letto.

Mi sento sola in questa casa, in questo matrimonio, mi sento sola persino quando sono in macchina con lui.

13 marzo

Ieri ho chiesto a Paolo se mi ama ancora. Non so dove ho trovato il coraggio. Mi ha guardata con una faccia strana, stupita, poi mi ha detto: «Certo che ti amo ancora... perché me lo chiedi?».

«Così per sapere...» ho risposto.

Sono stata sollevata del fatto che lui non abbia aggiunto: "E tu?".

Mi sono accorta che scrivere è una lama a doppio taglio. Mi fa stare bene, ma nello stesso tempo mi inquieta. A parte il timore che qualcuno possa leggere queste parole, ho capito che fissare i pensieri, cristallizzarli nella scrittura, evidenzia in maniera inequivocabile le mie contraddizioni e i miei fallimenti. Quando mi capita di rileggere queste pagine a distanza di giorni, a volte trovo pensieri che mi sembrano scritti da un'altra persona. Tra le righe scopro paure e desideri che non pensavo mi appartenessero. Sogni che ho dimenticato, o forse cancellato di proposito quando ho preso coscienza che non si sarebbero mai realizzati.

Scrivere questo diario mi distanzia in maniera netta dal mio passato; per certi versi mi scoraggia, per altri mi stupisce. Mi intristisce vedere com'ero, cosa sognavo di essere e cosa sono diventata. Le pagine di questo diario mi spaventano e mi inquietano, soprattutto le pagine bianche che mi attendono. Se immagino il mio futuro, mi sembra di vedere la stessa identica vita monotona che si ripete, con l'unica differenza che io sarò sempre più vecchia.

Vorrei poterne parlare con qualcuno, avere una persona vicina che possa comprendermi, darmi dei consigli, aiutarmi a capire. Se mi confidassi con Paolo, mi direbbe una delle sue frasi rassicuranti e mi prenderebbe in giro. Tanto per tagliare corto, come se questi miei dubbi fossero un capriccio di moglie. C'è qualcosa nel mio carattere, nel mio modo di essere, che mi sfugge, qualcosa che non mi spiego e non capisco.

Continuo a ripetermi che va tutto bene. Allora perché mi tremano le mani?

Un giorno, in maniera naturale, tutto è cambiato. E niente è stato più come prima. Un mondo di certezze è stato spazzato via, travolto.

Nella vita ci sono attimi, istanti, frazioni di secondo in cui un "no" può diventare un "sì". Per anni ho aspettato che la mia vita cambiasse, invece ora so che era lei ad aspettare che cambiassi io.

In quei giorni più mi ripetevo di non chiamarlo, più la tentazione cresceva. Per questo avevo deciso di dire tutto a Federica. Sapevo per certo che nel momento in cui un'altra persona lo avesse saputo non avrei più avuto il coraggio di chiamarlo. Uscire allo scoperto con lei mi avrebbe fatto fuggire definitivamente da quella tentazione.

Quella mattina, dopo una visita dalla ginecologa, l'ho chiamata. Non sarei passata dall'ufficio, visto che mi ero presa tutta la giornata.

Il telefono ha iniziato a squillare. Federica non rispondeva. Ho riprovato altre due volte, ma niente. Più il telefono squillava a vuoto, più la tentazione di chiamare lui cresceva. Una voce dentro di me mi diceva che sbagliavo ad avere tutte quelle paure, che non c'era nulla di male nel prendere un caffè con lui e fare una chiacchierata com'era successo a Londra durante la colazione. Mi dicevo che incontrarlo non significava finirci a letto e che fino ad allora non avevo mai tradito né mentito. Forte di questo, l'ho chiamato sul cellulare aziendale.

«Ciao, sono Elena.»

Avevo il cuore in gola.

«Ciao, che piacere... Non avevo riconosciuto il numero. Come stai?»

«Bene... ti sto chiamando dal mio cellulare, non sono in ufficio.»

«Non lavori oggi?»

«No, mi sono presa la giornata libera... avevo un po' di cose da fare.»

«Ti va se ci vediamo?»

«Mah, non so, in realtà io sarei libera solamente adesso...»

«Va bene, dammi mezz'ora.»

Speravo mi dicesse di no. Non credo che l'avrei richiamato un'altra volta.

«Senti, sono a casa» ha aggiunto. «Ti do l'indirizzo, così mentre vieni io finisco quello che sto facendo.»

Mi sono zittita. A casa sua non volevo andare, ma non sono riuscita a dirgli di no. Mi ha dato l'indirizzo.

«Ci vediamo tra mezz'ora. Sono felice che ci vediamo. Ciao.»

In quel momento ho pensato che mi ero messa nei guai.

Mentre andavo verso casa sua, ho iniziato ad aver paura. Mi sentivo tremare tutta, ero terrorizzata da quello che sarebbe potuto succedere, avevo paura di me. Non mi sentivo più sicura delle mie certezze. Anche se un caffè non era certo un tradimento, continuavo a pensare a Paolo.

Ho suonato il citofono davanti al portone di casa, anche se era aperto. Era per avvisarlo che ero arrivata. Mi ha risposto: «Primo ascensore, quarto piano». Ho preferito farla a piedi. Il cuore mi batteva sempre più forte, non so dire se per le scale o per l'attesa di vedere lui. Avevo lo stomaco chiuso, le mani sudate e fredde. Avrei voluto uno specchio per sistemarmi un po'. Mi sono fermata al secondo piano, ero troppo agitata, mi cedevano le gambe. Ho sentito le mandate alla porta. Stava girando la chiave nella toppa e probabilmente mi avrebbe aspettata sul pianerottolo. All'improvviso, senza pensarci, mi sono girata e ho sceso le scale di corsa. Sono filata via velocemente e mi sono chiusa in macchina. Ero spaventata.

Il telefono ha iniziato a squillare. Era lui. Non ho risposto. Credo di essere rimasta in macchina per più di mezz'ora; poi, quando mi sono calmata, gli ho scritto un messaggio: "Scusami, ho ricevuto una telefonata improvvisa e sono dovuta scappare".

Sapevo benissimo che non ci avrebbe creduto. Sono andata a fare una lunga camminata e ho pensato che tornare indietro è stata una decisione giusta. "In certi casi nella vita bisogna sapersi fermare in tempo" mi ripetevo. Quando sono tornata a casa, ricordo di aver provato un senso di sicurezza. Mi chiedo quanta felicità mi sia costato.

Paolo è uscito dal bagno in accappatoio. Aveva appena finito di farsi la doccia. D'istinto gli sono andata incontro e l'ho abbracciato. Lui si è liberato dall'abbraccio. «Se è una tattica per non preparare la cena, non ci casco» mi ha detto in maniera ironica.

Mentre cucinavo, mi sono chiesta cosa sarebbe successo se un giorno avessi deciso di tornare indietro anche dalle scale di casa mia.

18 marzo

Ieri sera non ho scritto niente, ero troppo incazzata e delusa. Volevo passare con Paolo una serata diversa e così avevo prenotato un ristorante per venerdì sera. Mi ero immaginata che avremmo bevuto del vino e fatto un giro in centro. Mi è sempre piaciuto passeggiare la sera tardi in città e guardare le vetrine dei negozi chiusi.

Dopo aver prenotato, ho chiamato Paolo e gli ho chiesto se venerdì gli andava di cenare fuori. La sua reazione è stata decisamente lontana da quello che avevo immaginato.

Meglio se non scrivo nemmeno questa sera quello che è successo perché se ci penso mi deprimo e non mi va.

Ancora oggi mi stupisco nel vedere a che punto era arrivato il nostro matrimonio e la mia ostinazione nel rimanere in quella situazione.

Dopo la laurea avevo trovato subito un lavoro che mi piaceva e tutto sommato non mi pagavano neanche poco. Avevo molti vantaggi, ma dopo un anno circa me ne sono andata. Mancava una cosa: la possibilità di crescere. Non potevo fare esperienze, imparare, migliorare. Non capisco perché con il matrimonio non abbia fatto lo stesso. A un certo punto non c'era più nessuna prospettiva, nessuna idea di crescita e perfino organizzare una cena romantica era diventato difficile.

«No, non è che non mi va di uscire a cena venerdì, solo che... ho lavorato tutta la settimana come un mulo e vorrei stare tranquillo e rilassarmi un po'.»

«Beh... mica cucini tu al ristorante. Ci sediamo e ci rilassiamo.»

«Non ho voglia di prendere la macchina, stare un'ora a cercare parcheggio, sedermi al ristorante con tutta la gente attorno che urla... Però se ci devo venire per forza ci vengo.»

Mi ero sentita una vera idiota. «Non ti preoccupare, lasciamo perdere.»

La sera a casa si respirava un'aria pesante. C'era tensione. A un certo punto Paolo mi ha chiesto se ero arrabbiata per la storia del ristorante.

«Ma figurati... era solo una cena.»

«Comunque non è colpa mia.»

L'ho fulminato con lo sguardo.

«Ma scusa, sono in ufficio che lavoro, pieno di rotture, tu mi telefoni e a quelle rotture aggiungi anche la storia della cena di venerdì!»

«Non pensavo che uscire a cena con me fosse una rottura. Ero così sicura che potesse farti piacere che avevo anche già prenotato.»

«Ah, peggio ancora... hai prenotato senza nemmeno chiedermi se mi andava?»

«Guarda, Paolo... lasciamo stare, veramente.»

«Ma scusa, sei stata tu che hai fatto tutto da sola. Bastava che me lo chiedessi prima e ti avrei detto subito di no. Io che colpa ne ho adesso? Fai tutto tu. Fosse stato per me non sarebbe successo niente.»

Non ho detto nulla e me ne sono andata subito a letto.

La mattina dopo dall'ufficio ho chiamato Carla per dirle che nel weekend sarei andata da lei, poi ho chiamato il ristorante per disdire la prenotazione. Non mi hanno chiesto spiegazioni, ma mi sono sentita in dovere di giustificarmi: «Purtroppo è venuta a mancare una persona».

Dall'altra parte del telefono una donna mi ha risposto: «Condoglianze».

Il venerdì dopo la litigata con Paolo sono partita per andare a trovare Carla.

Ogni volta che andavo da lei mi dicevo che dovevo farlo più spesso, poi le cose della vita mi distraevano da questo proposito. Abbiamo cenato in un ristorantino carino, ci siamo divertite. Dopo una passeggiata, siamo tornate a casa e siamo rimaste sul divano a chiacchierare bevendo una tisana.

Carla è sempre stata un punto di riferimento per me. Credo che sia così bella perché è una persona coraggiosa, una persona capace di buttarsi nelle cose. Penso alla sua storia con Alberto. Ha lasciato tutto quello che aveva, la casa a Milano, il lavoro, le amicizie, e si è trasferita da lui in provincia di Forlì. Anche quando la storia con Alberto è finita, non l'ho mai sentita una volta lamentarsi o dichiararsi pentita della sua scelta.

«Perché non te ne torni a Milano? Che ci stai a fare qui?»

«Perché non è ancora il momento.»

«Che cosa aspetti? Che Alberto decida di tornare?»

«No, lo so che non tornerà mai.»

«E allora?»

«Non lo so. Sento solo che adesso non è il momento per andarmene. Comunque se Alberto tornasse, non lo rivorrei.»

«Tu sei tutta strana.»

«Parliamo piuttosto di questo uomo dallo sguardo magnetico.»

«Non c'è nulla da dire...»

«No, voglio sapere tutto. A te non piace mai nessuno, nemmeno li vedi gli altri uomini... Non mi farai cambiare discorso nemmeno se mi ammazzi.»

È vero che non mi è mai piaciuto nessuno, al contrario di Carla, è sempre stato così anche da ragazzina. Ho sempre invidiato la sua libertà e il coraggio di fare quello che si sentiva, fregandosene del giudizio degli altri. A me delle sue qualità sarebbe bastata questa. Se incontrava uno che le piaceva, non si faceva troppi problemi: ci faceva l'amore anche la sera stessa. A me non piaceva mai nessuno, nemmeno quelli belli, quelli che piacevano a tutte. A me gli uomini belli non sono mai piaciuti. Quante sere ho passato a parlare di questo con le amiche.

Mi prendevano in giro, mi chiamavano "santa Maria Goretti", mi dicevano di buttarmi, di godermi la vita, ma a me non interessava andare a letto con uno di cui non m'importava niente. Non mi faceva sentire bene. Anzi.

Quando ho incontrato Paolo, le amiche non capivano cosa ci trovassi in lui. «Non sei andata a letto con quello là e poi ti sei messa con uno come Paolo, ma che ci trovi in uno così?»

Dopo che hanno visto che la cosa era seria, hanno smesso di fare commenti. Ricordo che giustificavo sempre tutte le osservazioni che mi facevano.

«Non vedi che è uno pigro? Non ha mai voglia di fare niente.»

«Non è un esaltato, è un ragazzo tranquillo.»

«Ma fate l'amore almeno?»

«Sì. Non sempre, non è uno di quegli uomini ossessionati dal sesso, per fortuna. È uno tranquillo.»

Per un periodo loro lo avevano soprannominato "il tranquillo", perché per ogni cosa lo giustificavo così. Nemmeno io sapevo spiegare cosa trovassi in lui. Mi piaceva. Punto. Non so perché. Se non fosse che si era totalmente seduto, a me sarebbe piaciuto ancora. Non mi piaceva quello che era diventato.

«Allora mi racconti di questo uomo misterioso o no? È tutta la sera che fai la vaga e dai risposte poco soddisfacenti.»

«Perché non ho nulla da dire.»

«Elena, ti conosco bene, non mi incanti con queste risposte. Vuoi dirmi che non ci pensi più?»

«No. Cioè sì, mi capita di pensare a lui. Però so che non sarebbe giusto.»

«Che palle con questo giusto e non giusto! È una vita

che ti sento dire questa parola. Per una volta fai quello che ti senti. Ma non sei curiosa di scoprire perché un uomo ti entra nella testa solo con uno sguardo?»

«Certo che sono curiosa, altrimenti non avrei fatto quelle scale, ma rimarrà una curiosità. Per quanto possa essere affascinata sono comunque una donna sposata.»

«Che noiosa.»

«Lo so, comunque non mi va di tradire Paolo.»

«Guarda che bere un caffè e chiacchierare non è tradire.»

«Non mi fido.»

«Hai paura che ti violenti?»

«Cosa ridi...? Intendo dire che non mi fido di me.»

«Questa fa ancora più ridere. Tu andrai da lui e farai di tutto per non fartelo piacere, per trovargli dei difetti. Poi, anche se dovesse piacerti, scapperesti come hai fatto sulle scale e rinunceresti. Come sempre.»

«Come sempre? Ma io non ho mai rinunciato a nessun uomo per Paolo.»

«Non parlo di uomini, dico in generale. A te piace rinunciare, ti piace sacrificarti. Lo sai anche tu.»

«Ancora con questa storia?»

Da anni Carla sosteneva che io usassi la rinuncia come credito. Secondo lei, io mi sacrificavo per qualcuno perché l'altra persona si sentisse in debito con me.

«Fossi in te, a questo punto della vita mi butterei. Mi concederei il lusso di provare. Hai sempre fat- ... che tutti ritenevano fosse giusto. Concedi- ... pazio di un errore è uno spazio di

«Che tipo che sei... Ma se so già che è un e
perché lo dovrei fare?»

«L'errore in sé conta poco, conta come diventiamo dopo quell'errore, come incide su di noi, come ci rende. Magari ti migliora. Chi può dirlo? Dài, Elena, per una volta nella vita fai una cosa anche se non ha senso.»

«A cosa mi può servire fare una cosa che so già che non ha senso?»

«Non è che nella vita si fanno le cose solo se servono a qualcosa. È un gioco... ma tu quando giocavi da bambina avevi bisogno di sapere a cosa serviva?»

«Certe cazzate si possono anche evitare.»

«Il problema è che tu devi sempre capire tutto. Pensi e ripensi a una cosa finché non la distruggi. È sempre stato più importante capire che sentire.»

«Sì, e tra l'altro spesso neanche capisco.»

«Fai qualcosa per te, per una volta. Magari poi scopri che un senso ce l'ha. Eri così anche da ragazzina. Non ti ho mai vista avere dubbi o crisi di identità. Prima ancora di sapere chi fossi, sapevi già cosa desideravi. Come se lo avesse scelto qualcun altro per te.»

Su questo aveva pienamente ragione. Ho sempre saputo come avrei voluto la mia vita. La scuola da fare, l'università, l'uomo da sposare... perfino il colore del divano. Non ho mai cambiato l'idea che avevo di me.

«Per una volta concediti la possibilità di incontrare una parte diversa di te, scordati un po' chi pensi di essere, e vedi che succede.»

È vero, non avevo mai voluto deludere nessuno. E in quel periodo della mia vita avevo la sensazione che in fondo non fosse servito a nulla.

«Facciamo un gioco, Elena: se nella vita ti fosse permesso tutto senza alcun limite, quale sarebbe la tua richiesta adesso?»

«Non lo so, ci devo pensare. Tu?»

«Non vale, tocca a te. Io dopo.»

«A dirti la verità, in questo momento avrei voglia delle cose che hai detto. Di svegliarmi una mattina e dire "basta, tocca a me", ma poi non saprei che fare, perché non ho capito bene il "basta" a cosa si riferisce... Eh, sì, ridi ridi, ma è così.»

«Non sto ridendo, sto sorridendo.»

«Avrei voglia di provare qualcosa di nuovo, di intenso. Anche solo una volta.»

«Cosa faresti? Andresti da lui?»

«Non lo so, la verità è che quel giorno ero emozionatissima e non so cosa sarebbe successo se non fossi tornata indietro. Ma credo sia troppo per me. Diciamo che per ora mi basterebbe prendere una giornata tutta per me, senza impegni e senza obblighi. Fare qualcosa che gli altri non si aspetterebbero, come restarmene a letto invece che alzarmi per andare al lavoro, o prendere la macchina e fare un giro al mare. Senza pensieri. Ho una voglia smisurata di sentire la pelle d'oca su tutto il corpo, ma ho paura delle conseguenza... E smettila di ridere.»

«Rido perché ti voglio bene e mi fai ridere.»

«C'è poco da ridere, c'è da piangere.»

A quel punto toccava a lei dire cosa desiderava, ma siamo state interrotte da una telefonata. Era Anna dall'Argentina, felicissima. Aveva appena finito di ballare con un *tanguero* di ottant'anni.

Quella sera sono andata a letto felice. Era da tanto che non stavo così bene.

21 marzo

È strano scrivere sul diario di mattina. Il fatto è che sono sveglia dalle sei. Sono scesa in cucina e mi sono fatta un caffè. Carla dorme. Qui è tutto molto calmo, silenzioso, e dalla finestra entra una bella luce. Mi piace questa cucina. Ci sono molte tazze e scodelle colorate. Mi piace il quadro appeso al muro e anche l'orologio sopra la finestra. Parlare con Carla mi ha fatto bene e ha messo in moto molti pensieri. Lei è la mia migliore amica dai tempi del liceo e credo che lo sarà per sempre. È una persona fantastica, speciale e rara. La cosa che ho sempre amato in lei è il rapporto di fiducia che ha con il mondo, con la vita e con le persone. Le invidio molte cose: il suo coraggio, la forza, la capacità di ascoltare e di dire quello che pensa con sincerità. Invidio anche le sue doti in cucina, e soprattutto il suo talento al pianoforte. Ho preso anch'io delle lezioni da ragazzina perché mi incantava quando la vedevo suonare, ma poi ho smesso.

Ieri sera, quando siamo tornate a casa, ha suonato un po' per me. Carla è una bella donna, anche se adesso si trascura, ma quando suona il piano le si trasforma il viso. Diventa ancora più bella.

Ricordo che una volta mi ha detto che la musica è una delle cose più importanti della sua vita e che l'ha sempre aiutata nei momenti difficili. Le dà forza e la protegge.

«Da cosa?» le ho chiesto.

«Non lo so... ma lei lo sa» mi ha risposto.

Questa mattina, appena ho aperto gli occhi, in testa hanno iniziato a girarmi mille pensieri. Mi sembra di non essere veramente come dico di essere, come se non avessi avuto il coraggio di scegliermi. A volte ho la sensazione che le mie insicurezze non mi permettano di ascoltare la parte più vera di me.

La prima cosa a cui ho pensato appena sveglia, però, non è stata questa. Il mio primo pensiero è stato lui. Le scale che ho percorso a metà, la colazione che abbiamo fatto insieme a Londra e l'attimo quando ci siamo parlati nel corridoio dell'hotel.

Non ho pensato a mio marito, ma a un altro uomo. Non mi era mai capitato prima. Mi chiedo solamente come mai quest'uomo abiti così spesso i miei pensieri.

Non rivivo solo ciò che è successo, ho anche delle fantasie. Non l'ho mai scritto perché mi fa paura solo il pensiero di lui che mi tocca e mi bacia. Quest'uomo incrina le mie certezze perché provo un sentimento indefinito, che non conosco. Prima, mentre mettevo il caffè nella moka, mi sono chiesta se io e Paolo ci siamo mai amati veramente. Litighiamo poco, non ci sono mai state grandi discussioni. Paolo non è geloso, non lo è mai stato, e forse lo avrei preferito, almeno in quello avrei potuto trovare un sentimento vivo.

Forse dovrei chiedermi come *ci siamo amati.*

È come se in effetti avessimo amato più un'idea, uno stile di vita che l'altro poteva garantirci. Forse abbiamo scambiato la tenerezza per amore. Non mi sono mai sentita desiderata da Paolo e nemmeno io l'ho mai desiderato veramente. Forse è per questo che l'ho sposato. Potevo rimanere com'ero senza rischiare di scoprire le mie incapacità.

Ma l'amore, il matrimonio, sono così per tutti? È davvero tutto qui? A volte mi sembra poco. Da quanto tempo non ci emozioniamo per una cosa fatta insieme? Perché sono nate in me queste domande?

In realtà è da molto tempo che le ho in testa, ma solo da poco ho avuto il coraggio di scriverle.

Che cosa mi manca veramente?

Quella mattina, quando Carla si è svegliata, durante la colazione le ho letto la pagina del diario che avevo appena scritto. Abbiamo riso molto di me.

La guardavo e non capivo se era felice. Sapevo per certo che stava ancora male per la storia con Alberto, ma non la vedevo mai soffrire veramente. In questo era unica. Per questo quella mattina le ho chiesto: «Ma tu, Carla, sei felice?».

«Sì, lo sono.»

«Sicura?»

«Lo so, non sono particolarmente euforica, ma perché ho una mia idea di felicità.»

«E quale sarebbe?»

«Essere felici per me non significa non stare male. Nella mia felicità c'è spazio anche per la malinconia e per le mie fragilità.»

«Posso dirti quello che penso veramente o ti offendi?»

«*Devi* dirmi quello che pensi.»

«Sono d'accordo con le cose che dici, ma a volte penso che sono solo delle teorie per giustificare il fatto che in realtà ti sei ritagliata un piccolo angolo lontano dal mondo, dove nessuno e niente ti possono davvero ferire.»

Lei mi ha guardato senza dire nulla, come se avessi colpito nel segno.

«... però è solo una mia idea, può anche darsi che mi sbagli.»

A quel punto Carla mi ha sorriso. «Hai ragione, lo so anch'io, ma in questo momento va bene così, non sono pronta per rischiare ancora. Ho bisogno di tempo.»

Le ho versato dell'altro tè. «Ho deciso che farò dei cambiamenti.»

«Cosa?»

«Ho deciso che mi devo dare una mossa. Intanto mi prendo un giorno di vacanza e vado al mare, poi verrò più spesso a trovarti e ce ne andremo a fare qualche weekend insieme. Mi voglio anche iscrivere a un corso di cucina e magari in palestra.»

«Cosa ti succede?»

«È solo che ho pensato che forse mi stanco di più a non fare niente che a fare qualcosa. Magari sono svogliata perché sono stufa delle battaglie che non faccio. Sicuramente spreco molte energie per sopportare quello che non mi va e obbligarmi a pensare ad altro.»

«Stai facendo venire voglia anche a me...»

«Ho riflettuto anche su quello che ci siamo dette ieri a proposito degli errori e ho capito che hai ragione. Com'era la frase?»

«Lo spazio di un errore è uno spazio di crescita.»

«Ecco, appunto: se nella vita sbaglio, vuol dire che crescerò...»

«Elena, mi fai paura... Cos'hai bevuto questa mattina?»

Ho passato tutta quella giornata con una strana euforia. Non so che cosa mi avesse preso.

Mi spiaceva tornare a Milano l'indomani, stavo bene con Carla.

Il giorno dopo, mentre tornavo a casa, ho mandato un messaggio a lui: "Scusami ancora per l'altro giorno. Non c'è stata nessuna telefonata urgente. Semplicemente non ce l'ho fatta, non me la sono sentita. Spero tu mi possa perdonare. Elena".

Mi ha risposto subito: "Adesso sai dove abito. Se un giorno senti di potercela fare, chiamami".

"Domani pomeriggio esco prima dall'ufficio. Se ti va un caffè... volentieri."

Ho aspettato un po' a inviare questo messaggio. E quando l'ho fatto ho provato vergogna. Mi sembrava di essere stata sfacciata.

"Domani pomeriggio posso solo dopo le quattro."

"Quando esco dall'ufficio ti chiamo."

22 marzo

Sono arrivata a casa da poco e sono stanca morta. Mi sono fatta una doccia e non vedo l'ora di andarmene a letto. Paolo è venuto a prendermi alla stazione e, appena mi ha vista, mi ha chiesto com'era andata e come stava Carla.

Non avevo voglia di parlare. Quando sono salita in macchina, mi ha dato un bacio sulla bocca. Non lo fa mai, così mi sono preoccupata. Gli ho anche chiesto, forse per un senso di colpa, come mai quel bacio. E lui: «Come sarebbe a dire "come mai"? Perché sei mia moglie!».

Non credo che mi addormenterò presto. Sono agitata. In fondo si tratta solo di un caffè, ma so benissimo che il problema non è il caffè.

23 *marzo*

Sono seduta davanti a questa pagina bianca, tentando di riordinare i ricordi e le emozioni. Mi rendo conto che per me è molto difficile scrivere quello che è successo questo pomeriggio...

Leggere ora, a distanza di tempo, quello che ho scritto quel giorno mi fa rivivere le stesse emozioni.

Quando sono entrata nel palazzo quel pomeriggio, lui mi aspettava davanti all'ascensore con la porta aperta.

«Preferirei andare a piedi, l'ascensore mi agita un po'...»

«Beh, mi sembra che anche le scale non scherzino, a guardare l'ultima volta che sei venuta qui.»

Ho fatto un mezzo sorriso.

«Dài, sali, sono sceso apposta. Con me non ti succede nulla. L'ho fatto controllare questa mattina dal tecnico.»

Ha sorriso.

Mi sono fidata e sono entrata.

«Come stai?» mi ha chiesto.

«Bene.»

«Sei bellissima»

«Veramente oggi mi vedo un disastro, ma grazie.»

Avevo paura che sentisse il battito del mio cuore. In quel momento ho sentito che se mi avesse spinta contro la parete e mi avesse baciata non avrei fatto resistenza. Non riuscivo a guardarlo e nemmeno a parlare. Si sono aperte le porte dell'ascensore e lui ha aspettato che uscissi.

«Seconda porta a destra.»

Mi sono incamminata e all'improvviso ho sentito le sue mani sui miei fianchi. Mi ha tirata verso di sé. I nostri corpi si sfioravano appena. Sentivo il suo calore e il suo respiro sul collo. Mi ha girata e senza parlare mi ha guardata negli occhi. Mi ha spostato i capelli dal viso come aveva fatto nel corridoio dell'hotel a Londra. Senza distogliere lo sguardo dal mio, delicatamente mi ha spinta contro il muro e mi ha baciata.

Non è stato impetuoso. Era dolcissimo. Ho capito subito che era inutile opporre qualsiasi tipo di resistenza, ormai era tardi. Avevo sempre combattuto una battaglia che in fondo non avevo mai voluto realmente vincere. L'ho baciato anch'io. Le sue labbra erano morbide e il sapore dei suoi baci buono. Ho sentito la sua mano risalire tra le mie cosce, mi toccava dove da mesi nessun uomo mi aveva sfiorata, dove da anni, oltre a mio marito, nessuno lo aveva fatto. Mi tremavano le gambe. Era delicato e al tempo stesso forte, deciso.

Il mio respiro si è fatto corto. Per la prima volta ho voluto essere egoista e non ho più pensato a nulla. Ho desiderato abbandonarmi a quelle sensazioni, perché mi piacevano e mi facevano stare bene, senza preoccuparmi delle conseguenze. Non provavo un piacere così intenso da molto tempo, anzi, un piacere così non l'avevo mai provato e l'ho assecondato, mi sono lasciata andare. Quel pomeriggio sono crollati i confini che mi ero costruita con tanta dedizione. Ho sentito come se tutti gli elastici che mi tenevano legata iniziassero a saltare a uno a uno. Ero leggera, i miei respiri venivano sempre più dal profondo, li ho sentiti dalle viscere, dallo stomaco, dall'anima. I miei e i suoi insieme. Mi stavo lasciando portare da uno sconosciuto.

Ha spazzato via in un istante le mie ragioni, le mie certezze, le mie convinzioni. Mi ha sollevata, siamo andati verso la porta del suo appartamento, mi ha spinta contro e siamo entrati, io aggrappata a lui con i piedi sollevati da terra. Mi ha spinta nuovamente contro il muro, questa volta con forza. La sua mano dietro il collo premeva la mia testa verso la sua. Le sue labbra sulle mie.

Mi ha sdraiata su un tavolo. Mi ha alzato la gonna, ho sentito le sue labbra e la sua lingua baciarmi. Mi imbarazzava saperlo così vicino alla mia parte più intima, per questo ho cercato di tirarlo verso il mio viso per baciarlo sulla bocca. Avevo gli occhi chiusi e l'ho sentito slacciarsi la cintura. Mi ha attirata a sé e mi ha alzato le gambe. Ho pensato che me le avrebbe aperte, invece le ha chiuse, strette l'una contro l'altra. È entrato dentro di me. Ho aperto gli occhi e ho visto il suo sguardo dritto dentro il mio. Quello sguardo che mi ha fatta sentire nuda fin dalla prima volta. Spogliata da dentro. Sentivo tutto come fosse amplificato. Ogni piccolo movimento. Sapevo già che non avrei raggiunto l'orgasmo e ho iniziato a pensare che lo avrei deluso per questo. Mentre pensavo così, a un certo punto, inaspettatamente, mi sono sentita travolgere da un calore intenso, dalla bocca mi è uscito un grido profondo come se lo tenessi dentro da sempre e sono venuta.

Lui è rimasto dentro di me, immobile. Dopo un istante è uscito e ho sentito il suo calore liquido sulla mia pancia e sul mio seno.

Quella è stata la nostra prima volta.

24 marzo

Oggi non è stata una bella giornata. Ieri, dopo essere uscita dal suo appartamento, il mio corpo era scosso da continue vibrazioni. Mi sentivo come in una bolla, sganciata dalla realtà. Sfioravo appena il mondo con la punta dei piedi e cercavo qualcosa di quotidiano, di normale, di consueto, per poterli mantenere a terra. Mi aggrappavo a gesti e azioni conosciuti. Ma quella sensazione è durata poco. Più passava il tempo, più passavano le ore, più mi sentivo strana. Il fatto di essere stata bene mi faceva sentire in colpa. Di notte, a letto, non trovavo pace. Ho capito che non sono in grado di gestire una situazione del genere, non sono io, non sono il tipo di donna che può avere degli incontri clandestini. Quello che è successo sarà il mio segreto per sempre e sono sicura che non accadrà più, perché non voglio che accada. L'ansia e il disagio che sto provando non valgono il piacere di quell'incontro. Se parlassi con lui, se lo sentissi, forse proverei sollievo, ma è sparito. Non un messaggio, una telefonata.

Sono uscita dal suo appartamento e non mi ha detto se ci rivedremo. Forse è stato solo per questa volta, niente di più. Meglio così. Eppure stavo molto bene ieri tra le sue braccia. Come può una cosa così bella portare con sé tutta questa confusione?

In quel momento della mia vita ero ancora una donna che aveva bisogno di sapere come aveva vissuto l'altro ciò che avevamo fatto insieme per potergli dare un valore. Il fatto che non mi avesse più chiamata rendeva ai miei occhi il nostro incontro meno speciale, come se il futuro potesse togliere o aggiungere qualcosa a quello che avevamo vissuto. Mi ci sono voluti anni per imparare a riconoscere il valore di un incontro nel momento stesso in cui lo vivo e non da ciò che accade il giorno dopo.

A dispetto di tutti i miei pensieri e di tutte le mie paure, il giorno dopo lui mi ha chiamata. «Volevo dirti che sono stato così bene che non ho ancora smesso di sorridere. Quando torni?»

«Non lo so, sono confusa. Non mi aspettavo di provare quello che ho provato.»

«Va bene, ma se decidi di non tornare, allora vengo io a prenderti.»

In seguito a quella telefonata mi sono subito accorta che non stavo più male, tutta la pesantezza era stata spazzata via. A quel punto ero già spacciata.

27 marzo

Oggi, quando sono salita da lui, non ho preso l'ascensore. Oltre alla mia solita paura, avevo bisogno di camminare un po'. Passando davanti al portinaio, ho finto di essere al telefono perché avevo vergogna di quello che stavo facendo. Ho avuto anche timore che nel palazzo abitasse qualcuno che conosco o che conosce Paolo. Davanti alla sua porta ho aspettato un secondo. Speravo che il cuore smettesse di battere così forte. Mi sono chiesta cosa stessi facendo lì davanti alla porta di uno sconosciuto. Avevo passato gli ultimi giorni a ripetermi che non avrei dovuto rivederlo, che non è da me un comportamento simile. Ero cosciente che il rischio era alto, e non solo perché potevo essere scoperta, eppure c'era qualcosa di più forte che mi attraeva e che mi aveva portata fin lì. Mentre pensavo a tutte queste cose, lui ha aperto la porta sorridente.

Ero imbarazzata più della prima volta. Senza dirmi niente, mi ha abbracciata. Ho riconosciuto subito il suo odore. Mi sono rilassata e ho provato un senso di benessere. Siamo rimasti qualche minuto senza dire nulla. Era da tanto tempo che un uomo non mi abbracciava così forte e così a lungo. Ha appoggiato le labbra sulla mia fronte e mi ha dato dei piccoli baci, poi è passato alla testa, alle guance e infine alla bocca. L'agitazione se n'era completamente andata.

Siamo andati in cucina, ha riempito due bicchieri di vino rosso e abbiamo fatto un brindisi. Ci siamo baciati di nuovo, lentamente. Mi ha sollevata e mi ha appoggiata sulla cucina, vicino al lavandino. Ero seduta con il bicchiere di vino in mano, e con i piedi sollevati da terra mi sentivo una bambina. Lui teneva gli occhi fis-

si nei miei mentre slacciava a uno a uno i bottoni della mia camicia, fino ad aprirla tutta. Ha iniziato a baciarmi il collo e le spalle, da una parte all'altra. Mi ha infilato una mano dietro la schiena e in un colpo ha sganciato la chiusura del reggiseno. Mi ha baciato i seni e mi ha dato un piccolo morso sui capezzoli. Ha preso il mio bicchiere di vino e lo ha poggiato sul tavolo. Ha iniziato a baciarmi sulla bocca mentre mi toccava e con delicatezza entrava dentro di me. Poi ha tolto le dita e le ha messe nella mia bocca. Quello era il mio sapore. Ha fatto un passo indietro, si è slacciato la cintura, i pantaloni e la camicia, fino a spogliarsi completamente. Mi ha fatta sdraiare su un fianco. Si è avvicinato e il suo sesso era a pochi centimetri dalla mia bocca. Mi ha preso i capelli e mi ha tirata verso di sé.

Il suo sapore era buono. Mi sembra di sentirlo ancora adesso, mentre scrivo. Avevo paura di non essere capace, di non riuscire a farlo, di non capire come gli piacesse. Ero insicura. In soccorso ai miei dubbi, le sue mani mi guidavano. Mi davano il giusto ritmo. Il mio respiro aumentava di intensità come il mio desiderio, lui continuava a toccarmi con delicatezza e mi è sembrato di poter raggiungere un orgasmo in pochi secondi. Lui se n'è accorto e ha rallentato. Mi ha chiesto di aspettare ancora un po'. Ho avuto un brivido. Mi ha presa in braccio e mi ha portata a letto. Abbiamo fatto l'amore per un tempo infinito. Sento ancora nella testa le parole dolci che ha sussurrato mentre lo facevamo. Nessun uomo mi ha mai detto parole così. Mi sono sentita amata.

Ho goduto di tutto: del mio corpo, del suo, dei suoi occhi, delle sue mani, della sua bocca. Ero libera di vivere pienamente l'emozione, di spegnere la testa e seguire il mio corpo.

Dopo aver fatto l'amore mi sono alzata dal letto e sono andata in cucina a prendere dell'acqua. Ho sentito i suoi occhi addosso e mi sono accorta di non esserci più abituata. Con Paolo mi sento invisibile da anni.

31 marzo

Oggi mi ha chiesto di andare da lui durante la pausa pranzo. Sono uscita dieci minuti prima. Ho parcheggiato la macchina vicino a casa sua e ho camminato velocemente fino al portone. L'ho fatto non perché avessi paura di essere vista, ma perché non volevo lasciare troppo tempo a quella parte razionale che mi ripete di non andare da lui.

Oggi la porta del suo appartamento era socchiusa, l'ho spinta per entrare. Ho chiesto permesso e nessuno ha risposto. Tutto era buio, tranne una candela sul tavolino in corridoio. Ho avuto la tentazione di andarmene, poi l'ho chiamato. Silenzio.

Nei nostri incontri ho sempre la sensazione che le parole stonino. Soprattutto le mie.

Sono rimasta immobile qualche secondo. Ho aspettato di vedere cosa succedeva, avevo paura di sbagliare, di fare qualcosa che non andasse bene. C'è sempre qualcosa di fuori luogo nelle buone maniere in quei momenti.

I miei occhi si stavano abituando all'oscurità. Dalla sala in fondo al corridoio usciva una luce soffusa. Sono avanzata di qualche passo e ho visto che di fianco alla candela in corridoio c'era un biglietto: "Non parlare, non cercarmi, fai solo quello che ti dico. Togliti i vestiti e lasciali a terra. Tieni le scarpe e vai nella stanza con la candela accesa. Io ti vedo".

Sento ancora il suono dei miei passi nel corridoio. Mentre camminavo pensavo alle ultime parole scritte sul biglietto: "Io ti vedo".

Avevo vergogna a spogliarmi e sono rimasta lì immobile per un po', cercando il coraggio di farlo. Sapevo che quella era l'ultima occasione per scappare, tornare indietro e lasciare perdere tutto.

Ho deciso di spogliarmi. Mi sono accorta che mi eccitava l'idea di lui nascosto da qualche parte che mi osservava, lo immaginavo nudo che mi guardava. Le mutande sono scivolate lungo le mie gambe e sono cadute a terra. Le ho scavalcate e sono andata verso la stanza. Mi sono vista riflessa nello specchio in corridoio e lì, nella penombra, ho scoperto di piacermi nuda e di non provare più alcuna vergogna. Sono entrata e sul tavolo c'erano una candela, una sottoveste di seta nera, una benda dello stesso colore e un biglietto: "Indossala, bendati, piegati in avanti. Non parlare. Toccati come se io non ci fossi. Quando sarà il momento giusto e sarai pronta, verrò da te".

Ho fatto quello che mi chiedeva. Ero sottomessa al suo volere. Mi sono piegata in avanti, appoggiando una guancia al tavolo. Era freddo. Ho fatto scivolare la mano sotto la pancia e ho iniziato a toccarmi.

Tutto era silenzioso, sentivo sempre i suoi occhi addosso e questo mi eccitava più delle mie dita. Mi sono concentrata su qualsiasi piccolo rumore, volevo capire quando si fosse avvicinato. Dopo qualche minuto ho sentito scricchiolare il parquet. Stava arrivando, lo aspettavo. Desideravo il suo corpo, le sue mani, le sue labbra. Dopo qualche istante ho sentito il suo respiro, poi la sua bocca. Mi baciava, mi leccava le gambe, le sue mani scivolavano lungo la sottoveste, le sentivo sul sedere e sulla schiena. Continuavo a toccarmi, poi ho capito che stavo per esplodere e mi sono fermata. Non volevo venire subito. Ho tolto la mano e ho steso in avanti il braccio.

«Continua, non fermarti» mi ha sussurrato all'orecchio. La sua voce calda toccava una parte profonda di me che neppure le mie dita potevano raggiungere. Ho ricominciato ad accarezzarmi, lui ha messo una mano sopra la mia e abbiamo continuato insieme.

«Lo vuoi?» mi ha chiesto.

Io non ho risposto, mi vergognavo.

Ha sfiorato il mio sesso con il suo.

«Dimmi che lo vuoi.»

Ho fatto sì con la testa e con un leggero lamento della voce.

«Non ho sentito bene» mi ha detto.

«Sì...»

Non pensavo di riuscire a farlo, ma ho detto: «Sì...».

Stavo impazzendo e lo desideravo, ma sono riuscita solo a emettere un flebile "sì". Lui è entrato dentro di me, fino in fondo. Mi stringeva i fianchi e sentivo crescere i suoi respiri, i suoi lamenti e la sua voglia. Ero completamente nelle sue mani. Senza uscire mi ha girata a pancia in su. Non lo vedevo, ero ancora bendata, ma lo sentivo sempre più forte. Sono venuta, non so nemmeno quante volte. E io che fino a quel momento pensavo non fosse possibile.

A un certo punto mi ha alzato la sottoveste fino

sopra i seni, ne ha afferrato uno e lo ha stretto forte. All'improvviso è uscito e ho sentito sulla pancia il suo piacere. Si è lasciato cadere su di me. I suoi respiri lentamente si sono calmati. Dopo essere rimasti qualche minuto in silenzio si è alzato, mi ha sollevato la testa e mi ha baciata sulle labbra.

«Resta così, non ti muovere... e non togliere ancora la benda» mi ha sussurrato e si è allontanato.

Quando è tornato ha iniziato a pulirmi con qualcosa di caldo e bagnato. Quel calore umido era bellissimo. I suoi movimenti erano delicati. Si stava prendendo cura di me. Mi ha ricoperta di baci, poi mi ha fatto sedere su una sedia. Ero sempre bendata. Mi ha chiesto di non muovermi. Ho sentito il rumore di una penna che scriveva, poi di un foglio strappato. Mi ha detto: «È ora di rivestirti».

Mi aveva appena lavata con un panno caldo, baciata, accarezzata, e ora mi rivestiva. Con una delicatezza commovente. Nessun uomo lo aveva mai fatto prima, nessun uomo mi aveva mai vestita da adulta. Mi sentivo protetta e amata, con lui tornavo bambina in un secondo.

Mi ha fatta alzare per finire di vestirmi, ha messo una mano dietro la mia nuca e ha sfilato i capelli dalla camicia. Mi ha dato un bacio sulla bocca e mi ha accompagnata alla porta, l'ha aperta dicendomi di tenere gli occhi chiusi e poi mi ha tolto la benda. Non capivo cosa volesse fare. Siamo usciti dall'appartamento, mi ha messo in mano un biglietto e mi ha detto: «Conta fino a dieci e poi apri gli occhi».

Ha chiuso la porta. Ho contato fino a dieci e ho aperto gli occhi. La luce mi dava fastidio. Ero sola, davanti alla porta di casa sua. Mi sono girata e lui non c'era più. Ho letto il biglietto: "Sarà successo veramente o devi ancora entrare?".

Mi girava la testa. Volevo bussare per dargli almeno un bacio guardandolo negli occhi, ma ho capito il gioco.

In macchina mi sono chiesta se fosse successo davvero. Non avevo visto nulla. Tutto quello che avevo vissuto potevo averlo solo immaginato.

Ho riletto il foglietto: "Sarà successo veramente o devi ancora entrare?".

Avrei voluto che fossero vere tutt'e due le risposte.

1° aprile

È tutto così nuovo, eppure è come se lo attendessi da tanto. Aspettavo da sempre un uomo così, una passione così.

A volte, mentre vado a casa sua, il desiderio di lui cresce così tanto passo dopo passo che quando arrivo davanti alla sua porta sono già bagnata. Mi succede anche durante il giorno quando penso a lui. Non sono mai stata così. A volte con Paolo mi faceva perfino male, perché non mi eccitavo. Ho addirittura pensato di avere dei problemi, al punto di superare l'imbarazzo e chiedere alla mia ginecologa un lubrificante. Lei mi ha risposto che non avevo disfunzioni, ma mi ha dato comunque una crema.

Con lui non mi riconosco. Sono un'altra donna e questa donna inizia a piacermi.

Non ho paura di nulla, tra le sue braccia mi sento protetta dal mondo e sento che nulla di male mi può accadere. Non importa che sia vero o no. La sensazione che provo è questa e mi piace. Forse mi sentivo così da bambina, in braccio a mio padre.

3 aprile

Oggi avevo voglia di giocare con lui. Non potevo aspettare. Gli ho mandato un messaggio e ci siamo organizzati per vederci prima di cena, verso le sette e mezzo. Quando sono arrivata a casa sua non mi ha lasciato nemmeno il tempo di entrare. Dopo un secondo avevo la sua bocca e le sue mani ovunque. Mi piace sentire che è eccitato, sapere che dopo poco sarà mio.

Provavo a immaginare come sarebbe stata questa volta. Con lui ho capito che non posso mai intuirlo prima. Non so mai dove mi porterà.

Mi ha chiesto di sedermi sul tavolo. Mi ha baciata e mi ha spogliata. Quando ero completamente nuda, mi ha fatto sdraiare al centro. Ha aperto un cassetto e ha preso dei nastri neri. Mi ha legato un polso, l'altro, poi le caviglie e ha annodato le quattro estremità dei nastri alle gambe del tavolo. Non ero mai stata legata. Avevo paura, ma ero anche eccitata e curiosa. Poi, in piedi accanto a me, si è versato un bicchiere di vino. Ne ha bevuto un sorso e me lo ha passato a piccole gocce dalla sua bocca. Ha posato il bicchiere e si è dedicato a me. Ha iniziato a fare una cosa che adoro: mi ha sfiorato tutto il corpo con una mano senza mai toccarmi. Sentivo solo il calore sulla pelle. Mi piaceva quell'invisibile carezza e mi sono eccitata nell'attesa di quel che sarebbe accaduto. Ha preso una piuma e ha iniziato a solleticarmi. Me la passava sulle gambe, sulla pancia, sul collo, sui seni. Era piacevole, mi guardava e mi sfiorava. Il gioco è durato qualche minuto, finché ha iniziato a fare la stessa cosa con le dita. Mi faceva il solletico. Ridevo, non riuscivo a non farlo. Cercavo di trattenermi perché avevo vergogna a lasciarmi an-

dare. Ero nuda, legata e immobilizzata davanti a lui e mi vergognavo di ridere. Avevo perso il controllo e questo mi imbarazzava, mi metteva a disagio più della mia nudità.

Ma lui non si fermava e io non sapevo più come frenare quelle risate che riuscivo sempre meno a controllare. Con le dita mi ha toccato i fianchi, è risalito dalle anche alle ascelle, poi è passato alle gambe. Quando ha iniziato con la pianta dei piedi, ho avuto un sussulto. Non ce la facevo più e sono esplosa. Ridevo in maniera irrefrenabile, cercando di liberarmi e dimenando quel poco che potevo braccia e gambe. I polmoni gonfi si svuotavano in risate e gridavo senza più controllo. Ha iniziato a fare pressione con le dita sotto le ascelle. Non riuscivo più nemmeno a respirare, perché non potevo smettere di ridere. Ho pensato di morire.

Improvvisamente lui si è fermato. Ho recuperato un po' di fiato per supplicarlo di smettere. Mentre lo supplicavo ha iniziato di nuovo. Quando arrivava al punto in cui mi sembrava di soffocare, si fermava. Prendeva dell'altro vino e me lo passava nuovamente in bocca. Ero elettrica, come dopo una lunga corsa. Mi sentivo accesa, come se tutte le mie cellule si fossero risvegliate. Ero lucida, sveglia, piena di forze. Ho deglutito il vino. Ha ricominciato a farmi il solletico sotto le ascelle. Non potevo dirgli di smettere perché ridevo così forte da non riuscire a parlare. A un certo punto ha smesso di farmi il solletico e ha iniziato a simularlo. Ridevo ugualmente, ormai avevo perso ogni forma di controllo sulle mie reazioni.

Non so per quanto tempo siamo andati avanti così. Mi girava la testa, ero esausta. Ogni volta che smetteva, ero travolta da una sensazione di benessere. Ansimavo, prendevo fiato ed ero stranamente felice, come ubriaca. A quel punto ha iniziato a toccarmi il clitoride con un dito, in pochi secondi ho cominciato a tremare sempre più forte e sono esplosa in un orgasmo fortissimo e intenso. È durato un'eternità. Non ho nemmeno capito se erano più di uno o se era sempre lo stesso che non finiva mai.

Sono rimasta immobile sul tavolo a occhi chiusi, seguendo il piacere fino a dove potevo. Ho sentito che mi slegava. Sono rimasta nella stessa posizione, non riuscivo a muovermi. Mi ha presa in braccio e mi ha portata a letto. Siamo stati sotto le coperte, abbracciati. Mi dava piccoli baci sulla fronte, sugli occhi e mi accarezzava. Ero spossata, stravolta dal senso di liberazione.

Ancora adesso, mentre scrivo, sento l'eco dei brividi e dell'elettricità che ho provato.

La mia vita stava lasciando spazio all'imprevisto. Non ero più ossessionata dalla necessità di tenere tutto sotto controllo. All'inizio questo mi ha causato anche delle piccole disavventure: ho fatto esplodere una caffettiera perché avevo dimenticato l'acqua, ho perso il telefono aziendale due volte in un mese e se non ci fosse stato Paolo sarei rimasta fuori casa perché le mie chiavi sono cadute in una grata. Ora sorrido nel rivedere quei miei piccoli cambiamenti in atto.

Un pomeriggio, mentre stavo andando a fare la spesa, ho sentito chiamare il mio nome. Mi sono voltata e su una panchina ho visto il fratello di Paolo. Mi sono avvicinata.

«Dove vai così di corsa?» mi ha chiesto.

«Sto andando a fare la spesa, ma non sono di fretta.»

«Siediti, fammi compagnia un secondo.»

Mi sono seduta. «E tu che ci fai da solo su una panchina di sabato pomeriggio?»

«Niente, mi guardo attorno e penso.»

Ha fatto un lungo tiro e io ho capito che non era una sigaretta.

«Vuoi?» mi ha chiesto porgendomela.

«No, grazie.»

«Dài, fai un tiro.»

«Potrei morire.»

«L'ho fatta leggera...»

L'ho presa e ho fatto un tiro piccolo.

«Fanne un altro, mica muori. A una come te possono solo fare bene un paio di tiri.»

Ne ho fatto un altro.
«Hai cambiato qualcosa? Mi sembri più bella.»
«Grazie, mi sembra di essere sempre uguale.»
Ha sorriso. «Non ti preoccupare, non ti chiederò perché.»
Ho sentito un calore in faccia, ma ho subito cambiato discorso. «Come sta tua madre?»
«Come sempre... rivolta al passato. E quell'allegrone di mio fratello invece? Di cosa si lamenta ultimamente?»
«Sta bene...»
«A volte mi pento di avergli detto che non doveva farti scappare. Non avrei dovuto odiarti tanto.»
«Questa non la sapevo.»
«Purtroppo sì. Quando ti vedo mi vengono i sensi di colpa.»
«Ma io con tuo fratello sto bene.»
«Sì, certo...»
«Non mi credi?»
«Mi sono sempre chiesto perché una come te sta con uno come mio fratello.»
«Cosa vuol dire "una come me"? Perché, come sono?»
Mi ha guardata in un modo che se non fosse il fratello di mio marito avrei pensato che stesse flirtando. Non so se fosse per i due tiri di canna, ma per la prima volta mi sono accorta che Simone è un uomo affascinante.
«Tu proprio non riesci a credere che si possa stare bene con una persona, vero?» Ha fatto un'espressione che non sono riuscita a decifrare. «Non hai mai voglia di stare seriamente con una donna?» gli ho chiesto per cambiare discorso.

«Per adesso no.»

«Ma il sesso senza un rapporto dopo un po' non ti stanca?»

«È sempre meglio di un rapporto senza sesso.» Ha sorriso della sua battuta e ha fatto un altro tiro. Poi ha aggiunto: «La verità è che mi sono rotto che ogni donna con cui sto cerchi di cambiarmi perché mi vuole simile all'idea di uomo che ha in testa».

«Cambiare non significa peggiorare.»

«Io però non ho mai sentito la necessità di cambiare loro. A me le persone vanno bene così.»

«Certo, per come vivi tu i rapporti...»

«Cosa vuoi dire?»

«Tu non senti la necessità di cambiare l'altra persona non perché la rispetti, ma per lo stesso motivo per cui nessuno vuole ridipingere o cambiare l'arredamento di una stanza d'albergo. Tanto non vivi lì, dopo qualche giorno torni a casa tua.»

Mi ha guardata dritto negli occhi, con uno sguardo arreso. «Scacco al re. Vedi che ti fa bene fumare? Non sei mai stata così sagace.»

Siamo scoppiati a ridere. Mi girava un po' la testa. Prima di alzarmi per andare, l'ho guardato un secondo in silenzio.

«Non preoccuparti, non lo dico a mio fratello che hai fumato.»

7 aprile

Ieri sera, dopo aver scritto nel diario, sono andata a letto e prima di addormentarmi ho pianto. Non so esattamente per quale motivo. Nell'ultimo periodo mi è capitato spesso di piangere e di cercarne il perché. Paolo non si è accorto di nulla. Una cosa che ho imparato in questi anni di matrimonio è piangere in silenzio, dandogli le spalle, restando immobile al buio su un fianco, cercando di trovare un nome a quel malessere, alle lacrime che non riuscivo a fermare.

Questa mattina mi sono svegliata felice. Forse perché dovevo andare subito da lui. Mi aspettava a casa prima del lavoro. All'ora di pranzo aveva un aereo e poi sarebbe stato via qualche giorno. Ho chiamato l'ufficio e ho detto che sarei arrivata più tardi.

La porta del suo appartamento era aperta e dal corridoio si vedeva la luce soffusa della camera. Ho imparato a non parlare, a non dire il suo nome. Lui era a letto che dormiva, o fingeva di dormire. In silenzio mi sono spogliata e infilata sotto le coperte dal fondo del letto. Era caldo. Non volevo toccarlo subito perché avevo le mani fredde. Quando entro in questa casa, sento un calore che mi sale per tutto il corpo, ma le mie mani sono sempre gelate. E lui spesso non mi lascia nemmeno il tempo di scaldarle. Ho iniziato a baciarlo dai piedi, poi sono risalita alle gambe, alle ginocchia e alle cosce. Era nudo. Amo la sua pelle. Mi piace quando bacio il suo corpo in certi punti e sento degli scatti improvvisi, i suoi muscoli che si contraggono al mio tocco. La sua reazione mi fa sentire potente. Più salgo più il suo odore mi inebria. Infilo il naso tra le pieghe del suo corpo. Mi riempio le na-

rici e i polmoni di lui. Ho sempre una piccola vertigine quando lo respiro.

Non era ancora pronto per fare l'amore. Mi muovevo lentamente, lo baciavo con dolcezza finché ho sentito le sue mani sulla mia testa. Avevo una voglia irrefrenabile. Per la prima volta l'ho fatto scivolare dentro di me senza preservativo. Oggi avevo voglia di sentirlo così.

Abbiamo fatto l'amore. Al mattino non lo facevo da anni. Siamo rimasti abbracciati in silenzio qualche minuto sotto le coperte. Ero felice. Poi abbiamo bevuto il caffè insieme, l'ho salutato e sono andata al lavoro.

Oggi già mi manca. A volte sento che mi manca anche quando sono con lui. È strano, lo so, ma persino se siamo abbracciati provo una leggera nostalgia di noi. Per qualche giorno dovrò fare a meno di lui e della donna che sono con lui.

Quello è stato il nostro primo distacco. Il pomeriggio seguente, verso le cinque, mentre controllavo dei documenti in ufficio mi è arrivato un suo messaggio: "Che fai?".

"Lavori noiosi. Controllo dei documenti. Tu?"

"Ti penso."

"Non lavori?"

"Lavoro e ti penso. Mi vengono in mente immagini di noi. Mi distrai. Mi piacerebbe fossimo a casa mia."

"Anche a me."

"Hai voglia di giocare un po'?"

"Sì.»

"Vai in bagno, fatti una foto e mandamela."

"Che tipo di foto?"

A quella domanda non ha risposto. Lo scambio di messaggi mi aveva eccitata. Sono andata in bagno, ho sbottonato la camicia e ho fatto una foto al mio seno. Non mi piaceva, ne ho fatta un'altra. Alla quarta ero finalmente soddisfatta e l'ho inviata. Sono rimasta in attesa della sua risposta, che non è tardata ad arrivare.

"Bella... ancora."

Ho sorriso. Mi stavo divertendo. Non sapevo come farle. Ho abbassato la gonna, infilato una mano nelle mutande e ho scattato la foto riflessa nello specchio.

"Impazzisco... non smettere."

Mi sono girata con le spalle rivolte allo specchio, ho abbassato le mutande fino alle ginocchia e ho fatto uno scatto del mio sedere. Lui mi ha chiesto altre foto. Mi faceva giocare e fare cose che mi divertivano. Mi stupivo nel vedermi coinvolta in cose così lontane da me, mentre sulla scrivania mi aspettavano documenti e decisioni importanti. Ho dato libero sfogo alla creatività. Nel bagno dell'ufficio, mentre gli altri nella stanza accanto stavano lavorando, mi facevo fotografie erotiche.

Mi ha scritto: "Non è stata una bella idea, adesso ho più voglia di prima. Sei bellissima. Vorrei vedessi l'effetto delle tue foto".

"Mandami una foto tu" gli ho risposto.

Mi ha mandato una foto della sua mano: nessuna immagine mi avrebbe eccitata di più. Poi un altro messaggio: "Completamente nel pallone. Non riesco ad aspettare tutti questi giorni. Domani prendo un aereo, passa da me, ti prego".

Aveva spostato il volo per me, e io ero pronta a inventare qualsiasi scusa con Paolo. La sera dopo, quando è sceso dal taxi, ero già parcheggiata sotto casa sua.

10 aprile

Paolo non è mai sceso sotto le coperte per darmi piacere con la sua bocca. Forse un paio di volte da quando siamo sposati, mai negli ultimi anni. Ricordo ancora che il mio secondo fidanzato amava farlo e a me piaceva da morire. Paolo non vuole nemmeno che sia io a farlo a lui. Quando ci provo, dopo qualche minuto mi allontana. Ho sempre pensato che fosse colpa mia, che non fossi particolarmente brava.

Con lui, invece, ho imparato, perché ho sentito di potermi abbandonare. Con Paolo non sono mai riuscita a lasciarmi andare. Eppure è mio marito. Forse se fai l'amore con una persona che non è libera, nemmeno tu puoi esserlo. E noi non lo siamo.

Con lui è tutto diverso, tutto nuovo, perfino divertente. Spesso a letto ridiamo mentre facciamo l'amore. E poi posso prendere l'iniziativa. Quando all'inizio del matrimonio provavo a farlo, Paolo si ritraeva, non gli piacevo così aggressiva. Una volta mi ha proprio detto che lo mettevo in difficoltà, che certe cose dette da me lo imbarazzavano e che con le mogli certe cose non si fanno. Quella risposta mi ha stupita così tanto che gli ho chiesto con chi si dovessero fare se non con la propria moglie, e lui convinto: «Con le altre prima di sposarsi». A quel punto gli ho ricordato che non ero né sua madre né la Madonna.

Lui, invece, sa come amare una donna. Ho scoperto che il mio piacere lo appaga, per questo non mi trattengo più, perché adesso so che godo per me e anche per lui. Il mio piacere è la moneta più preziosa, la moneta che ha valore solo se viene spesa. Lui sembra sapere sempre quali siano le cose che mi piacciono. Non è mai compiaciuto e questo mi affascina. Sento che il suo interesse è autentico. Mi guarda dentro, mi vede e mi dà la piena certezza di essere stata scelta. Penso che il mio piacere con lui sia così intenso e profondo perché per la prima volta il mio corpo, tra le sue mani, è un corpo ascoltato. Mi domina e al tempo stesso mi innalza a un piacere più intenso. Per questo mi sento forte quanto lui. Mentre facciamo l'amore, siamo una cosa sola, e non ho mai la sensazione di essere passiva, anche se mi rendo conto di essere sottomessa a qualcosa di forte. Ho imparato che fa parte di un gioco che conduco anch'io. La mia sottomissione è un dono, un'offerta, non una sconfitta. Fare l'amore con lui significa fare un viaggio misterioso. Mi guida, mi trascina, mi conduce in luoghi che non conosco e che non ho mai visitato.

A volte, dopo essere stata da lui, sento ancora i suoi respiri e le sue parole nelle orecchie, le sue mani tra le gambe. Ho la sensazione di averlo ancora dentro di me. Lo avverto fisicamente ovunque, è capitato che in macchina tornando a casa abbia sentito la voglia irrefrenabile di toccarmi, di farlo subito appena rientrata.

Ho ricominciato a fare il bagno invece che la doccia. La sera torno a casa, mi preparo la vasca, chiudo la porta, accendo qualche candela, e lì, da sola, inizio a darmi piacere. Ecco un altro dei suoi regali. Ho scoperto che il mio clitoride può regalarmi un piacere intenso e continuo. Mi sono sempre sentita ridicola e triste nel farlo, ho sempre avvertito imbarazzo anche se ero sola. Nemmeno facendo l'amore con Paolo mi sono mai toccata. È successo solamente una volta all'inizio della nostra storia. Avevo sentito una voglia fortissima di toccarmi e avevo seguito quell'impulso, lasciandomi andare. Non lo avessi mai fatto! Paolo c'era rimasto malissimo, aveva interpretato quel gesto come se lui avesse bisogno del mio aiuto per darmi piacere. Non l'ho più fatto.

Con lui è diverso, spesso è lui a chiedermi di toccarmi. Quando lo faccio da sola, ci sono immagini di noi a cui penso. Chiudo gli occhi e tutto è lì con me. C'è qualcosa di sensuale e di erotico in ogni cosa che fa. Quando beve vino, quando mangia, quando parla, quando mi guarda. È come fare sempre l'amore. C'è addirittura qualcosa di spirituale nel fare l'amore con lui. Quest'uomo mi fa vivere esattamente dove desidero. Per la prima volta sono dove voglio essere con tutta me stessa.

Mi sembra di avere preso una decisione che mi avvicina a una parte profonda e vera di me stessa.

Ho sempre pensato che queste emozioni fossero riservate a donne più forti, più coraggiose e più incoscienti. Ora io sono tutte queste donne.

Mi chiedo solamente come mai il desiderio sia arrivato così tardi nella mia vita.

Mi faceva quasi paura quella situazione: stavo bene come non ero mai stata in vita mia. Mi sentivo viva. Avevo attraversato una porta dalla quale non era facile tornare indietro.

Mi stupiva il fatto che non mi sentissi in colpa nei confronti di Paolo. Le poche volte che succedeva non era mai quando tornavo a casa dopo aver fatto l'amore, ma quando Paolo era gentile con me o lo vedevo tranquillo davanti alla televisione e pensavo che gli stavo facendo un torto e forse non se lo meritava.

Credo di non essermi sentita in colpa perché quando entravo nel suo appartamento e chiudevo la porta tutto il mondo restava fuori. Lì entrava solo la parte di me che non aveva relazioni e legami. Ero un'altra persona, un'altra donna. Entravo in quell'appartamento e uscivo dalla mia vita. A volte mi piaceva non essere vista fino in fondo nemmeno da lui, tenermi un angolo solo mio. Non era il mio amante, non era un amico e nemmeno un confidente. Era il mio complice, il mio compagno di giochi segreti.

Mi chiedevo quanto sarebbe durato quel gioco e dove mi avrebbe portato.

Ogni donna dovrebbe incontrare un uomo che la prenda per mano e la guidi verso la propria intimità. Un uomo in grado con un solo abbraccio di riconsegnarti una vita intera.

13 aprile

Con lui a volte mi sento goffa. Vorrei essere più disinvolta, invece ho paura di non riuscire a sostenere le sue richieste come all'inizio non riuscivo a sostenere il suo sguardo. Sessualmente non mi sono mai sentita all'altezza, ma lui mi sta portando verso una nuova consapevolezza. Ogni volta che esco da casa sua, vivo i giorni successivi nell'attesa di tornarci al più presto.

Oggi ho scoperto un'altra faccia di me che non conoscevo. Di solito io e Paolo parliamo poco quando facciamo l'amore, anzi, non parliamo quasi mai, come se ci vergognassimo. Anche con lui sto zitta; a volte mi fa delle domande, ma io non rispondo, sono altrove. Sto gridando e ridendo di piacere in un'altra dimensione. Per questo i miei "sì" sono nelle azioni e nell'abbandono.

Oggi, mentre facevamo l'amore, lui ha iniziato a dire delle parole volgari. Parole che credo di non aver mai pronunciato in tutta la mia vita. Mentre lui pronunciava quelle parole, guardavo le sue labbra e mi eccitavo, le sentivo meravigliosamente vive. Mi facevano venire i brividi. Le sue labbra e la sua bocca sono in grado di farmi accettare tutto. Mi ha chiesto di ripeterle. All'inizio non ci riuscivo, pensavo che mi avrebbero dato fastidio. Poi ho seguito quel fiume di parole calde e mi sono abbandonata al loro flusso.

Nel pronunciare la prima ho sentito un brivido. Ora non riesco nemmeno a scriverla, ma in quel momento sono riuscita a dirla, a gridarla. E ho scoperto che non mi eccitava solo sentirle. Anche gridarle mi dava un senso di trasgressione: liberavano qualcosa dentro di me. Ho urlato per la prima volta in vita mia cosa mi piaceva fare, come volevo essere presa, che cosa mi piaceva essere. Ho gridato i miei segreti, le mie fantasie e ho confessato le mie voglie.

Tutto questo è irrazionale, c'è qualcosa di potente che mi seduce, mi accende e mi libera.

14 aprile

Amo la sua sicurezza e la sua grazia. La sicurezza può essere dovuta all'esperienza, ma la grazia non si può conquistare. È un dono. Una persona può imparare a essere gentile, educata, attenta, perfino delicata, ma non può imparare la grazia. Tutta la sua passione, la sua sicurezza, la sua bellezza non sarebbero bastate senza quella grazia.

Con lui non sono una donna innamorata, ma una donna felice sì. Gli appartengo e non ho scelta. Non ho mai provato per nessuno una sensazione del genere. Nessun uomo mi ha mai presa così nel profondo, mi ha mai dato la sensazione di essere vista tutta intera. Mi sono svuotata e riempita di noi, e in quel "noi" c'è la parte più vera di me.

Più faccio l'amore più ne ho voglia. Lui mi spinge sempre al limite delle mie possibilità, oltre quelle che credevo di poter sostenere. Non va mai oltre, sta un passo indietro, sempre sulla linea tra il picco massimo di piacere e l'inizio del dolore, in quella zona dove il piacere è così intenso da contenere un'ombra di sofferenza. L'orgasmo che raggiungo con lui è profondo, diverso da quelli che conoscevo e che sono in grado di darmi anche da sola. Ogni volta che lo provo è sempre più intenso. Come se lui aumentasse la mia capacità di godere. Forse questo è anche dovuto al fatto che il nostro rapporto è indefinito e mi sfugge. Solo quando facciamo l'amore lo sento mio.

È quasi un mese che ci incontriamo e non sappiamo praticamente nulla l'uno dell'altra. Lui non mi chiede niente del mio matrimonio, della mia vita fuori dal suo appartamento. Io di conseguenza faccio lo stesso. Quando ci salutiamo, non so nemmeno se ci sarà un'altra volta. In realtà ho capito che questo senso di precarietà mi crea un turbamento che sfocia in un'esplosione dei sensi. Fuori dalle sue braccia non ci sono certezze. Forse è questo che alimenta la passione e continua a farti desiderare una persona. Anche sgattaiolare in casa sua con la paura di essere scoperta, tutto questo senso del pericolo e del proibito, la trasgressione alimentano in me il desiderio.

Queste riflessioni nascono dalla donna che lui mi ha insegnato a essere. Mi chiedo come abbia fatto a vederla. Forse quella donna ha rivelato la sua presenza con un piccolo dettaglio, un movimento delle mani, un'espressione del viso. Un giorno gli ho chiesto come faceva a sapere che io ero anche questo. Mi ha risposto: «Chi ti ha detto che lo sapevo? Magari anche per me sei una sorpresa».

Quelle riflessioni non attenuavano le curiosità su di lui e sulla sua vita al di fuori dei nostri incontri. Per come ero in quel periodo, non era naturale per me uscire da casa sua e dovermi comportare come se lui non esistesse. A volte per questo ho fantasticato su di noi fuori da quell'appartamento. Ho immaginato di poter condividere con lui qualcosa di più quotidiano, come una passeggiata, una cena, un cinema. Credo fosse naturale per me cercare di normalizzare una relazione così assurda. Darle una forma a me più conosciuta. Per questo un giorno, a letto, all'improvviso, senza nemmeno pensarci gli ho chiesto: «Da quanto tempo non hai una storia?».

«In che senso?»

«Una fidanzata...»

«Ufficiale o ufficiosa?»

«Che differenza c'è?»

«Ufficiale è quella che presenti agli amici come la fidanzata, quella ufficiosa non la presenti quasi a nessuno, ma se per caso capita dici: "È una mia amica". Comunque ufficiali poche, ufficiose un po' di più.»

«Come mai?»

«Non sono bravo nelle relazioni a due.»

«Perché? Mi sembra che capisci bene le donne, sai come trattarle, almeno con me è così. Non so se sei così anche con le altre...»

Quando ho terminato la frase, ho sperato che dicesse: "No, con te è diverso, non mi è mai capitato di stare così con una donna".

Invece ha detto: «Non me lo ricordo più come sono

con le altre, è tanto che non ho una fidanzata, né ufficiale né ufficiosa...».

«Hai sofferto per una donna?»

«Il giusto, niente di realmente grave. Anche se credo che il dolore c'entri.»

«Paura del dolore?»

«Sì, ma non tanto di quello che posso ricevere. Mi spaventa la quantità di dolore che si può dare a chi si lega a te. Il senso di potenza quando ti accorgi che puoi distruggere la persona che ti ama. È una responsabilità che non sono ancora riuscito ad accettare.»

«È un rischio che si corre, ma se non lo prendi, non puoi nemmeno provare le cose belle che in quel rischio si vivono.»

Si è tirato un po' su appoggiando la schiena alla testata del letto e ha detto: «Lo so».

Quando parlava di sentimenti, aveva un'espressione timida. Com'era sicuro e padrone di sé in altre situazioni, così in quei discorsi esprimeva un'inaspettata fragilità.

«Se non fossi sposata, per te sarei ufficiale o ufficiosa?»

Dopo una pausa di qualche secondo ha risposto: «Non saprei come definirti. Sto molto bene con te, ogni volta che vai via non vedo l'ora di vederti tornare, ma non saprei come chiamare il nostro rapporto. Quello che stiamo vivendo mi sembra perfetto così. Non cambierei nulla».

Quest'ultima frase mi aveva inaspettatamente ferita.

«E non sei curioso di me? Della mia vita? Non capisco se sei discreto e se semplicemente non te ne importa.»

«Non sono uno che indaga.»

«Che esagerato, è semplice curiosità. Per esempio, io sono curiosa di te.»

«Che cosa vuoi sapere?»

«Se me lo chiedi così, sembra sì un'indagine...»

«Fammi delle domande e ti rispondo.»

«Forse è meglio se lasciamo stare.»

Senza che me ne rendessi conto, il tono della mia voce era diventato duro.

Era seguito un lungo silenzio. Avvertivo in lui una resistenza, una chiusura. C'ero rimasta male e lui doveva averlo intuito, perché mi è scivolato accanto, mi ha accarezzato il viso e ha iniziato a raccontare.

«Il lavoro che faccio lo sai già, non sono mai stato sposato e non ho figli... almeno credo. Se muori dal desiderio di comprarmi un paio di scarpe, ho il quarantaquattro...»

Sono scoppiata a ridere, la tensione si è dissolta e lui ha continuato a parlarmi di sé. Mi ha raccontato che spesso va in Toscana da suo fratello perché insieme stanno ristrutturando un vecchio casale che apparteneva ai suoi genitori.

«Con mio fratello avevamo deciso di vendere tutto dopo la morte dei miei, poi lui è stato male e ha cambiato idea.»

«In che senso è stato male?»

«Si è separato dalla moglie e ne ha sofferto molto. È diventato un'altra persona e ha deciso che voleva andare a vivere lì e trasformare il casale in un agriturismo. È da tre anni che stiamo facendo i lavori e siamo a buon punto. Mi sa che un giorno mollo tutto anch'io e vado lì con lui.»

«Ha figli tuo fratello?»

«Due, Matteo e Marta.»
«E con te come sono?»
«Sai, sono lo zio, è più facile farsi amare. La settimana scorsa la bambina ha detto a mio fratello che mi ama e che da grande vuole sposare lo zio.»
«Sei stato contento?»
«Che mi ami sì, ma le ho spiegato che lo zio non si sposa.»
«E tu non vuoi dei figli tuoi?»
«Per ora mi piace di più fare lo zio. Non so in futuro. E tu?»
Era la prima volta che mi faceva una domanda così diretta sulla mia vita.
«Ci abbiamo provato, ma non venivano.»
«Mi spiace, spero di non aver toccato un tasto doloroso.»
«No, tranquillo: alla fine è stato meglio così, ma non mi va di parlarne qui a letto con te.»
C'era stato un periodo in cui io e Paolo avevamo cercato di fare un figlio, in quel momento pensavo potesse colmare la distanza tra noi. Ma non è mai arrivato. Abbiamo fatto tutti gli accertamenti: gli esami di entrambi erano regolari. Non c'era nessun impedimento fisiologico. Non si capiva perché. Solo in seguito mi sono resa conto che forse era il mio corpo a non volere. Anche quando non lo ascoltavo, anche quando lo ignoravo, lui non mi ha mai tradita, non mi ha mai mentito. Probabilmente per lui era importante che, prima di essere madre, io fossi una donna felice.

Ricordo che quel giorno, dopo la chiacchierata con lui, tornando a casa in macchina ripensavo a quello che mi aveva detto riguardo la quantità di dolore che si può recare alle persone che ci amano. Ho pensato a Paolo e a quanto avrebbe sofferto se avesse scoperto quello che stavo vivendo. Eppure non riuscivo a rinunciare ai nostri incontri. La bellezza di quello che provavo era così sorprendente e potente da spazzare via ogni paura e ogni senso di colpa. Mi stupivo perché ciò che ero in grado di fare non corrispondeva all'immagine che avevo di me stessa.

18 aprile

Quando avevo dodici anni, una domenica mattina mi sono svegliata e in cucina ho trovato mio padre senza baffi. Li aveva da sempre, da quando lo ricordavo. Ero sotto shock, spaventata. Non era più mio padre, senza baffi era un altro uomo. Per qualche giorno non sono riuscita a parlargli. Non avevo confidenza con quella nuova persona, che tra il naso e le labbra aveva uno spazio troppo grande. Gli ho chiesto di farseli ricrescere, ma lui mi ha detto di no.

Questa mattina mi sono chiesta cosa avesse spinto mio padre a fare quel cambiamento, a prendere quella decisione. Perché proprio quel giorno? Desiderava essere un altro e vivere un'altra vita? Per la prima volta mi sono chiesta se anche mia madre sia stata responsabile del tradimento di mio padre.

Mi sono sposata per avere una famiglia diversa dalla mia, per questo ho sempre desiderato un marito fedele. Ho accusato mio padre per quel tradimento e mi sono sposata anche per dimostrargli che ero migliore di lui. Invece eccomi qui, oggi, a essere la sua copia, senza una figlia che mi giudichi.

Ieri notte l'ho sognato. Ormai entra nella mia vita da ogni piccola fessura, anche nel sonno lo ritrovo. Eravamo a casa sua e facevamo l'amore, non è successo nulla che non potesse succedere nella realtà. Mi ha portato all'altezza dei miei sogni.

Questa mattina mi sono svegliata con le sue labbra addosso. Mentre ci stavamo baciando, i miei occhi si sono aperti: li chiudevo di là, li aprivo di qua. Paolo dormiva ancora. Ci sono momenti in cui ho paura di essere scoperta, di tradirmi con una parola, di fare il suo nome nel sonno. L'altro giorno ho lasciato il diario in vista rischiando che Paolo lo sfogliasse, come i messaggi sul mio telefono che amo rileggere e non riesco a cancellare. Mi sono chiesta se sto prendendo questi rischi nella speranza di essere scoperta. In realtà so che non si accorgerebbe di nulla: non si può vedere ciò che non si può nemmeno immaginare. E la donna che sono adesso è molto lontana da quella che mio marito conosce.

Questa mattina in bagno ho scoperto due lividi sulla coscia. È stato lui, l'altro giorno. A volte quando mi prende sento le sue dita entrarmi dentro, mi piace. Anche se dovrei stare attenta, quando faccio l'amore con lui non ci penso. Mi farei graffiare, strappare la pelle di dosso, staccare la carne a morsi. Questi lividi sono il marchio del nostro segreto. Ho appoggiato le dita sui segni e le ho premute ricreando la sensazione di dolore-piacere che ho provato a letto con lui.

Sono scappata al lavoro e in macchina sentivo il desiderio salire. Sono rimasta eccitata tutto il giorno al pensiero del sogno. Durante una riunione interminabile pen-

savo solo a lui sopra di me, mi eccitava immaginare il suo sguardo nei miei occhi. Quello sguardo così forte che nasconde una grande malinconia. Non riuscivo a togliermi dalla testa certe immagini di noi: io in ginocchio davanti a lui, lui dietro di me riflesso nello specchio, noi sotto la doccia. Oppure i momenti delicati quando mi accarezza, mi parla piano e mi riempie di baci.

Durante la riunione continuavo a cambiare posizione sulla sedia, senza volerlo ho iniziato lentamente a muovermi avanti e indietro. Mi dava piacere. Me ne sono accorta dopo qualche secondo e mi sono bloccata. Ho avuto paura che qualcuno avesse notato i miei piccoli movimenti.

Non ce l'ho più fatta. Mi sono alzata e sono andata in bagno. Mi sono chiusa dentro, ho tolto le mutande e mi sono toccata per sentire quanto fossi eccitata. Poi ho assaggiato le mie dita. Ho pensato alle sue labbra quando hanno il mio sapore. Mi sono appoggiata al muro e ho iniziato a toccarmi. Con l'altra mano stringevo i lividi sulla coscia come avevo fatto al mattino. Poi l'ho tolta dalla coscia, l'ho messa in bocca e la mordevo, per non fare rumore. Spesso lui mi mette la mano in bocca e mi chiede di mordere. Le prime volte avevo paura di fargli male. In quel bagno mordevo la mia mano e in pochi secondi sono venuta. Un orgasmo veloce, intenso, diverso da quelli che provo con lui. Con lui sono più morbidi, più rotondi, più pieni.

Questa mattina, sola con me stessa e con quello che avevo imparato a fare, mi sono seduta perché le gambe tremavano e le ginocchia mi stavano cedendo. Ho alzato la testa e ho iniziato a pensare a cosa ero diventata.

Sentivo tutta la vita amplificata. Le emozioni mi attraversavano. Guardavo il soffitto e senza capirne il motivo ho iniziato a piangere. Sono uscita dal bagno, ho chiuso a chiave la porta dell'antibagno, ho lavato velocemente le mutande e le ho asciugate sotto il getto d'aria calda. Mi sono guardata allo specchio, gli occhi mi brillavano. Mi sono fatta un sorriso. Sono tornata alla riunione. Sentivo le mutande calde e ancora un po' umide. Ho avuto paura che si potesse leggere qualcosa sul mio volto.

Ho continuato la riunione passandomi un dito sull'impronta dei denti che avevo lasciato sulla mia mano. Ora vado a letto. La voglia di fare l'amore non mi è passata.

Domani lo vedrò.

Un giorno, dopo aver fatto l'amore, mentre aspettavamo che i nostri corpi tornassero a essere due, mi ha detto: «Mi piacerebbe passare una giornata intera insieme. Vorrei mangiare con te, guardare un film, dormire abbracciati, vederti passeggiare per casa come se abitassi qui. Dici che si può fare una volta? Magari domenica prossima...».

Sentire quelle parole mi aveva fatto battere il cuore. Mi è dispiaciuto da morire dovergli rispondere: «Questa settimana proprio non posso, vado in montagna. Ma se non cambi idea, mi invento qualcosa per la prossima».

«Non credo cambierò idea.»

Non andavo via per un weekend da secoli, ma era il compleanno di Laura e non potevo non andare. Già non ne avevo voglia, ora che lui mi aveva fatto quella proposta mi sarei fatta frustare piuttosto che andarci.

L'ho abbracciato e, cullata dall'idea di passare una domenica insieme, mi sono addormentata. Quando ero con lui, perdevo totalmente la cognizione del tempo. A volte dovevo controllare l'ora all'improvviso, spaventata, perché non capivo se ero lì da venti minuti, da due ore o da sempre.

Tornando a casa, quella sera, ho mandato un messaggio a Carla: "Sei sveglia?".

"Sì."

L'ho chiamata. Avevo voglia di chiacchierare e le ho raccontato di me e di lui. Senza entrare troppo nei particolari, perché non mi piaceva farlo nemmeno con lei. Volevo dirle come mi sentivo. Quella sera mi giravano per la testa un sacco di domande.

«Mi chiedo se lui faccia così con tutte.»

«In che senso?»

«Mi piacerebbe capire se lui è così con tutte o solamente con me.»

«Non è importante saperlo, goditi questo momento nel modo giusto, non ti infilare in pensieri del genere.»

«Lo so, sono solo curiosità che a volte mi prendono. Mi chiedo però se quello che prova con me è unico, se le cose che mi dice sono nuove, se sono proprio per me o se invece fanno parte di un copione che recita a memoria.»

«L'importante è che *tu* provi queste cose con lui.»

«Giusto.»

Ho smesso subito di fare quei pensieri. Nonostante molte cose non mi fossero chiare, sapevo che non potevo permettermi di andare oltre, sarebbe stato un rischio troppo alto.

25 aprile

Siamo arrivati in montagna per il weekend: io, Paolo e altre due coppie, tra cui Laura, la festeggiata. Sono tutti al bar dell'hotel, io invece dopo cena ho detto che avevo mal di testa e sono salita in camera. In realtà ero stanca di sorridere alla fine di discorsi che non avevo nemmeno ascoltato. Avevo voglia di starmene un po' da sola. Quando sono entrata in stanza, ho aperto le finestre perché si moriva di caldo. Il naso mi si è seccato subito al punto che nel respirare mi fischiavano le narici. Mi sono sempre chiesta chi decida le temperature negli hotel, sugli aerei, sui treni. Dopo aver provato ad abbassarla da sola con il termostato appeso al muro, ho chiamato la reception. È salito un ragazzo che, schiacciando un tasto sul telecomando, ha risolto la cosa.

Raramente porto il diario con me, di solito lo lascio a casa e scrivo quando torno, ma in quest'ultimo periodo ho la necessità di farlo quasi tutti i giorni.

Arrivati in hotel è successa un cosa strana. Paolo stava parlando con il direttore e mi ha presentata come sua moglie. Per la prima volta da quando sono sposata mi ha dato fastidio. Cosa mi sta accadendo? È tutta la sera che ci penso. Appena sposata mi emozionavo sempre quando lo sentivo dire: "Questa è mia moglie". Ero fiera di quella parola. Perché oggi mi ha dato fastidio?

Forse è semplicemente un ruolo che non mi va più.

Fuori dai ruoli molte persone si sentono libere, altre si sentono perse, altre si sentono soffocare. Ho l'impressione di aver sempre vissuto la vita a mia insaputa, come se non sapessi praticamente nulla di me stessa. Prima figlia, poi fidanzata, poi moglie e poi il passo successivo: madre.

Non ho mai avuto una vera intimità né con me né con Paolo, perché non mi sono mai chiesta quali fossero i miei reali desideri. Forse adesso voglio spogliarmi da questo ruolo per vedere cosa c'è sotto. Forse ho finalmente trovato la forza e il coraggio di rischiare me stessa. E magari scoprire, senza averlo mai saputo, che sono semplicemente di più.

A tavola continuavo a pensare che avrei potuto essere con lui invece che a questa stupida cena. Ho ascoltato poco e ho parlato ancora meno, perché avevo la sensazione che in fondo non parlassero di nulla, che in quelle parole ci fosse poco di vivo, di autentico, di veramente sentito. Sembrava tutto così superficiale, sembrava che la vita e il coraggio fossero altrove. Avevo già sentito mille volte quei discorsi. I soliti aneddoti divertenti vissuti in passato e raccontati ogni volta che ci si incontra.

Fuori da quel tavolo c'era un mondo di occasioni che stavo perdendo.

Durante la cena ho provato a cercare disperatamente me stessa tra i volti conosciuti di quelle persone. La tentazione di togliermi la maschera e gridare quello che sono diventata era sempre più forte. Raccontare come faccio l'amore, come corro da lui eccitata, come resto in silenzio in ginocchio ad aspettare il suo piacere. Vorrei raccontare come mi sento quando sto con lui e quando me ne vado.

Mi chiedo se ci sia più peccato nel seguire quello che sento o nell'ipocrisia di vivere ciò che non sono.

Non ho detto nulla. Nella vita ho appreso bene come stare zitta. Quante sere ho camminato in silenzio avanti e indietro per casa perché mi sentivo soffocare. Non trovavo una via d'uscita. Adesso l'ho trovata: è la porta del suo appartamento. Entro dove la vita pulsa, dove ci si può amare liberamente senza chiedere nulla in cambio.

Puro atto d'amore e piacere che chiede solo di essere vissuto fino in fondo. Nessuna azione e nessun sentimento legati ad altri fini se non quello del piacere.

Questa cena era perfetta per la donna che non sono più. Quello che desideravo prima ora non mi basta. Nemmeno la casa in cui vivo è arredata come la vorrei adesso. Se ne avessi una nuova, sarebbe completamente diversa.

Io e Paolo ci siamo ricoperti di promesse perché era un modo gentile di rimandare al futuro le nostre incapacità. Eravamo compagni nel creare le nostre realtà e ci siamo aiutati a proiettarle, a sostenerle e infine a subirle. Il nostro rapporto si basa non sul bisogno di amare ed essere amati, ma di sorreggere l'uno l'autoinganno dell'altra. Forse un leggero senso di precarietà, di possibile rottura, avrebbe potuto animarci, ma non abbiamo mai lasciato che la vita ci toccasse nella sua imprevedibilità. A un certo punto, però, ho smesso di far credere alla vita che fossi intoccabile e le ho aperto la porta: questo è stato il mio vero tradimento nei confronti di Paolo. Alla fine sarebbe bastato poco per non perdersi. La realtà è che lui non poteva rispondere alle mie aspettative. Io non le ho mai volute esprimere, perché desideravo che le vedesse e le colmasse senza che glielo chiedessi esplicitamente. Sbagliavo, lui non è cambiato all'improvviso, è sempre stato così.

Non abbiamo mai avuto una vera intimità, nel profondo l'ho sempre saputo. Ero io la prima a non volerla, a mettere paletti e barriere. Pensavo bastasse vivere insieme per essere intimi. Ora che so cosa si prova a stare tra le braccia di un uomo, a lasciarsi andare e perdersi nell'odore e nel calore della sua pelle, non riesco più a rinunciarci. Ho vissuto quella libertà e non posso più tornare indietro.

"Costruire un rapporto": quante volte ho sentito questa

frase. Ma i rapporti non si costruiscono, si vivono e nel viverli si rafforzano. Adesso l'ho capito. In caso contrario si esauriscono. Non si dovrebbero fare promesse, nessuno può scommettere su se stesso nel futuro. Per rispettare le promesse si rischia, come nel mio caso, di dare vita a un rapporto imbalsamato. Mi chiedo a cosa abbia portato il mio matrimonio dopo tutti questi anni. Silenzi, mancanze, incapacità di comunicare veramente ciò che abbiamo dentro. Non c'è il piacere della condivisione, è più un semplice resoconto, un elenco di accadimenti senza mai un sentimento nuovo. Non viviamo insieme, insieme ammazziamo il tempo. Abbiamo stupidamente pensato che due infelicità unite potessero dar vita a una felicità. Il nostro rapporto non ci ha mai fatti uscire dalle rispettive solitudini. Eppure agli occhi degli altri il nostro è un matrimonio invidiabile. Quando qualcuno parla di noi, descrive una coppia felice. La libertà che ora sto provando mi ha fatto vedere tutti i limiti della mia persona, del mio matrimonio, della mia vita.

Non voglio più stare qui, in questa stanza d'albergo. Voglio andare da lui. Mi manca la donna che vedo riflessa nei suoi occhi. Quando siamo insieme, mi sento vicina a qualcosa che mi appartiene, qualcosa di mio.

Questa sera avrei bisogno di un suo sguardo, di un suo abbraccio. Avrei solo bisogno di essere vista. Dopo una cena in cui nessuno è stato in grado di vedermi, ho bisogno di esserci. Basterebbe un suo sguardo a far cadere questo albergo.

A tavola, stasera, guardavo Paolo mentre mangiava e mi sono accorta che non provo alcun tipo di attrazione, non desidero più essere toccata da lui, nemmeno sfiorata. È un affetto fraterno, privo di desiderio.

Quando siamo arrivati in hotel, la ragazza della recep-

tion ci ha detto: «Siamo mortificati, ma c'è stato un disguido: una delle tre camere non ha il letto matrimoniale, è una doppia con letti singoli».

Sono stata felice di dirle che non era un problema e che l'avremmo presa noi.

26 aprile

Ieri sera, dopo avere scritto, sono rimasta a letto, sveglia. Non riuscivo a prendere sonno. Quando Paolo è entrato in camera, non ho finto di dormire, come faccio spesso, ma sono rimasta seduta nel letto con la luce dell'abat-jour accesa. Lui si è spogliato ed è andato in bagno. Avevo voglia di parlargli della nostra situazione, ma non sapevo da dove cominciare, come introdurre l'argomento. Volevo confessargli che ero salita in camera non perché non stavo bene, ma semplicemente perché non mi andava più di vivere così. Volevo dirgli che il nostro matrimonio non era come lo avevo sognato e che meritavamo altro. Non volevo litigare, ma guardare semplicemente la realtà in faccia e con serenità prendere le decisioni per una vita migliore, sia per me sia per lui. Volevo che iniziasse a chiedersi cosa desiderasse dalla vita.

Avevo pensato tanto a quel momento, eppure, quando è arrivato e ho iniziato a parlare, l'agitazione è scomparsa in un attimo. Paolo è uscito dal bagno, ha messo il telefonino in carica e mi ha detto: «Non punto la sveglia, tanto domani partiamo dopo pranzo. Quando ci svegliamo, ci svegliamo».

«Paolo, ho bisogno di parlare con te...»

«Spero non sia un argomento complicato, perché mi sa che ho bevuto troppo e non so se connetto bene.»

«Vorrei che parlassimo di noi, della nostra situazione, ho bisogno di capire.»

«No, ti prego, Elena, non questa sera. Siamo in montagna con i nostri amici, abbiamo fatto una bella cena, ci siamo divertiti, ti prego, non rovinare tutto con le tue solite paranoie. Non possiamo parlarne domani a casa?»

«Non sono paranoie le mie.»

«Qualsiasi cosa sia, rimandiamo a domani. È tardi, ho bevuto e sono stanco.»

Dopo un secondo di silenzio si è alzato dal letto ed è venuto verso il mio. Ha cercato di darmi un bacio.

«Dài, fammi spazio qui da te che ti faccio passare tutti i cattivi pensieri.»

«Ti prego, Paolo, lascia stare.»

«Lo vedi? Sei tu che complichi le cose, io sono sempre pronto a rimediare, a mettere da parte l'orgoglio per il nostro bene, tu invece critichi sempre, però poi rimani chiusa e non mi vieni mai incontro. Io la mia parte ce l'ho messa. Sei tu che non vuoi, nemmeno questa sera. Buonanotte. Spero che la notte ti porti consiglio e ti faccia capire che persona sei diventata.»

La stanza d'albergo d'un tratto era diventata più piccola della metà. Ero delusa. Ho pensato che forse aveva ragione lui, che non era il momento né la situazione giusta. Mentre mi saliva un leggero senso di colpa per avergli rotto le scatole nella serata in cui voleva solo divertirsi, l'ho sentito russare e ho capito di non avergli creato il minimo turbamento. La mattina dopo, quando ci siamo svegliati, nessuno dei due ha fatto cenno alle parole della sera prima. In macchina non eravamo soli e nel pomeriggio, arrivati a casa, io ho fatto una doccia e sono andata direttamente in camera. Lui si è buttato sul divano a guardare la televisione.

27 aprile

Oggi sono riuscita a passare da lui prima di cena. Speravo di trovarlo affamato di me. Appena ho suonato il campanello del portone, mi ha aperto immediatamente. Mi piace l'idea che lui sia lì ad aspettarmi in piedi, impaziente come me. Mi piace quando sento che mi desidera, l'idea mi rende felice e mi eccita. Mi sento potente. Sono entrata in casa, era dietro la porta. Mi ha preso la mano e l'ha messa tra le sue gambe per farmi sentire quanto mi desiderava.

Dopo giorni d'attesa il desiderio cresce e il mio corpo è più acceso, vivo e sensibile. Mi piace quando mi prende con impeto, quando mi divora e in pochi secondi è già dentro di me, senza nemmeno spogliarmi tutta. Ho scoperto che mi piace fare l'amore vestita. Mi travolgono le sue attenzioni, la sua voglia di sapere chi sono e cosa desidero, guardandoci negli occhi, incontrandoci nel riflesso di uno specchio o a occhi chiusi nel profondo.

Mentre facevamo l'amore, gli ho confessato che mi era mancato tanto, che lo sento mio e che faccio fatica a stare lontana da lui. Amo quest'uomo che fa l'amore con la mia testa, e per questo governa il mio corpo.

8 maggio

Quando torno a casa la sera ho solo voglia di lavarmi, mettermi comoda, cenare e poi correre subito a scrivere. Ieri invece sono uscita a cena con delle amiche, non mi andava di stare a casa. Lui non si fa sentire da due giorni e io non l'ho cercato. Mi chiedo solo se ho fatto o detto qualcosa di sbagliato. Durante la cena avrei voluto raccontare cosa stavo vivendo, ma non l'ho fatto. Lui è il mio giardino segreto e così deve rimanere. Credo che nessuno capirebbe realmente di cosa si tratta, potrebbero solo interpretare secondo le loro esperienze. Anche perché non so se sarei in grado di raccontare quello che vivo quando sono con lui, a volte non trovo le parole per spiegarlo nemmeno a me stessa. Non parlandone con nessuno, lo difendo dallo sguardo degli altri: nessuno può inquinare la nostra relazione con commenti, conclusioni, giudizi. Così non corro il rischio di vedere quello che vivo sgretolarsi sotto i colpi di chi potrebbe sminuire, ridimensionare, banalizzare. E magari mettere qualche tarlo nelle pieghe delle mie insicurezze.

Solo con Federica ho avuto la tentazione di confidarmi. Una mattina ha fatto capolino nel mio ufficio e con un grande sorriso mi ha detto: «Non ti chiedo nulla, ma se un giorno ti va di parlarmene, io ci sono». Credo di essere diventata bordeaux, ma ho risposto che non capivo a cosa si stesse riferendo. «Come preferisci, ci mancherebbe, se cambi idea sono di là, alla mia scrivania.»

Ho passato la giornata con la tentazione di confidarglielo, ma alla fine ho deciso di non farlo. Almeno per ora.

Alla cena con le mie amiche, invece, l'unica che ha notato qualcosa d'insolito è stata Beatrice, che mi ha detto che ultimamente mi trova diversa.

La voglia di vederlo aumentava a ogni secondo. Sono andata in bagno e gli ho mandato un messaggio: "Sono fuori con delle amiche, se ti va, dopo passo a farti un saluto veloce". Prima di tornare da loro ho aspettato qualche minuto la risposta. A tavola, poi, ogni cinque minuti controllavo il telefono.

«Ti sei fatta l'amante che continui a guardare il cellulare?» ha chiesto Beatrice e tutte a ridere, compresa me.

Nessun messaggio. La voglia di andare da lui e salire anche solo per qualche minuto mi rimbombava nella testa e non mi dava tregua.

"Perché non mi risponde?" pensavo. "Proprio questa sera che ho anche bevuto qualche bicchiere di vino." Mi sembra di essere più brava a fare l'amore quando bevo un po'.

Il suo silenzio mi infastidiva. In macchina mi è venuto in mente che forse non era solo e che stava facendo l'amore con un'altra. Ho iniziato a immaginarlo su una donna, a vedere lei in ginocchio davanti a lui. Da una parte mi saliva un sentimento di rabbia, dall'altra mi eccitavo sempre di più. Più volte mi sono chiesta se sono l'unica o una delle tante con cui gioca. Un giorno gliel'ho anche chiesto, se vede un'altra donna oltre me. «Solo se tu ti sposti» mi ha detto. Ha riso, ma alla fine non ha risposto. Paraculo.

Sicuramente è stato con molte donne. Lo si capisce da come bacia, da come guarda, da come tocca. Chissà quante sono passate da quella casa. Il mio orgasmo non è solo mio. Porto dentro di me i loro attimi di piacere.

Non so se per lui sono l'unica, ma posso dire che mi fa sentire così: quando mi cerca, quando mi chiede di andare da lui, quando mi scrive quante ore mancano al nostro incontro. Mi fa sentire speciale per come mi guarda, per come mi sa leggere dentro: con lui non ho bisogno di dire quello che desidero, capisce subito se ho voglia di essere presa con forza o se ho bisogno di sentirlo dolce e delicato. Se è la volta che voglio essere cullata dalle sue parole, accarezzata dalle sue mani, amata come l'unica donna al mondo.

Ieri sera l'ho odiato per quel suo silenzio. Tornando verso casa sono passata sotto il suo palazzo. Non era di strada e non so perché lo abbia fatto. Mentre stavo per parcheggiare sotto casa mia, è arrivata finalmente la sua risposta. "Scusa, mi ero addormentato sul divano guardando la tele. Ti aspetto."

"Sono già sotto casa, è tardi."

L'ho scritto perché volevo punirlo. "È troppo tardi, così impari" voleva dire. Mi ha telefonato e mi ha chiesto di passare da lui anche solo per un bacio. Ho cercato di resistere, ma alla fine ha vinto lui. Riesce sempre a essere più forte di me e a farmi fare quello che vuole. Ma in fondo è quello che voglio anch'io. Avevamo poco tempo: gli avrei dato un bacio veloce e me ne sarei andata. Quando sono salita e ho aperto la porta, mi ha preso la mano e mi ha spinta contro il muro. Ho sentito le sue labbra sul mio collo, mi ha sollevato una gamba, spostato le mutande e abbiamo fatto l'amore lì. Poi siamo scivolati sul pavimento. Cercavo qualcosa a cui aggrapparmi ma non c'era nulla. L'ho abbracciato. Sentivo le mie unghie entrare nella sua schiena. È stato tutto così rapido che non ho più capito nulla. Mi girava la testa. Prima di andare mi ha abbracciata forte e mi ha rivestita. Sono uscita con il nostro odore addosso. Non avevo voglia di tornare a casa, ultimamente non ho più voglia di tornare a casa.

13 maggio

Ho scoperto la meraviglia del perdersi completamente.

Non ero in grado di esprimere nessun sentimento attraverso il mio corpo. È per questo forse che non è mai stato veramente mio. Lo abitavo come se fosse un involucro. Qualcosa mi ha sempre impedito di sentirlo e ascoltarlo, di averne coscienza. Non riuscivo a pensare, agire e amare come avrei dovuto e forse voluto. Nell'abbandonarmi è come se avessi tolto un tappo e il mio corpo fosse riemerso. Imparare ad amarlo non è stato semplice, e l'educazione che ho ricevuto non mi ha certo aiutata. Da bambina ero molto legata a mio padre, lo amavo, lo abbracciavo, gli stavo sempre addosso. Quando il mio corpo ha iniziato a crescere, e i seni a spuntare, tra noi qualcosa è cambiato. Mio padre ha smesso di abbracciarmi e i contatti fisici tra noi sono andati diminuendo. La mia femminilità mi ha allontanato dalla persona che amavo di più al mondo.

Anche a scuola il cambiamento mi creava imbarazzo. Per questo cercavo di nascondere il mio nuovo seno con maglioni grandi.

Da piccola mi capitava di scrutare davanti allo specchio la mia parte più misteriosa. La toccavo, la accarezzavo, cercavo di capire. Una volta mia madre mi ha vista, mi ha dato uno schiaffo sulla mano e uno sulla guancia. I giorni successivi avrei voluto farlo ancora perché mi piaceva, ma ormai sapevo che era una cosa sbagliata e mi vergognavo.

Sessualmente non mi sono mai conosciuta bene, non ho mai desiderato sperimentare, cercare, indagare. La sessualità mi creava imbarazzo. Forse per questo Paolo era il marito perfetto per me. Abbiamo sempre vissuto per piace-

re agli altri, per essere accettati, senza mai chiederci chi fossimo veramente. Per poi scordarci perfino chi fossero gli altri per cui stavamo facendo tutti quei sacrifici. Abbiamo delegato ai nostri limiti, alle nostre paure, la strada da seguire, il percorso della nostra vita.

Senza mai interrogarci, abbiamo vissuto nell'assenza di noi. Come me, Paolo non si è mai chiesto cosa lo rendesse felice, per questo le nostre vite combaciavano perfettamente. Come me, pensava di non meritare la felicità, il piacere sotto qualsiasi forma. Se non ero in grado di eccitarmi, mi sentivo in colpa nei confronti di mio marito; se provavo piacere, mi sentivo comunque in colpa, come se raggiungere un orgasmo fosse una cosa che non meritavo.

Avremmo dovuto ascoltare le nostre voci interiori e non il vociare del mondo. Ora ho capito che è stata la nostra intima e profonda sensazione di vuoto a farci dire: "Ti amo". Quando ho lasciato spazio all'imprevisto, quando ho avuto il coraggio di anteporre il mio piacere a tutto, sono cambiata e i miei desideri sono venuti a galla. È bastato un bacio per svegliarmi, come succede nelle favole. Un bacio sulla bocca e l'incantesimo è svanito, l'autoinganno si è sgretolato e disciolto. Il mio piacere è diventato un esercizio per imparare a conoscere la libertà. Sono una donna risvegliata.

15 maggio

Oggi ci siamo visti durante la pausa pranzo. Quando sono scesa da casa sua, il portinaio era sul marciapiede a fumare una sigaretta. All'inizio, per evitare qualsiasi contatto con lui, anche visivo, fingevo di telefonare. Fino a quando sparivo nelle scale mi sentivo il suo sguardo addosso. È così ancora adesso, soprattutto quando scendo. Mi saluta con un sorrisetto come a dire: "So cosa sei andata a fare, dovresti vergognarti".

Le prime volte avevo paura che il mio viso rivelasse il mio segreto. Come quando da ragazzina mi sono venute le mestruazioni. Ricordo che quella mattina sono andata a scuola con la sensazione che la mia faccia fosse diversa, e non fossi più quella di prima.

Ora non fingo telefonate, saluto il portinaio e il suo giudizio non mi appartiene più. Né il suo né quello del mondo. Sono certa che, se fossi un uomo e salissi da una donna, mi sorriderebbe con aria complice e io camminerei orgoglioso a testa alta, fiero di essermi preso il mio piacere quotidiano. O forse non si permetterebbe nemmeno di farmi un sorriso, se ne guarderebbe bene. Invece sono donna e mi dovrei vergognare perché anch'io desidero, perché come donna mi è concesso desiderare solo di essere moglie o madre. Non più. Cammino dritta, austera come un uomo perché ho lo stesso diritto a godere che hanno loro. Mi guardo riflessa nelle vetrine dei negozi fiera di me, dell'aria che ho imparato a spostare a ogni passo, fiera di attraversare le cose che prima mi ostacolavano. Ho capito di avere un potere infinito. Posso sedurre con molte parti del mio corpo: i piedi, le caviglie, le gambe, le mani, per come le muovo, come sposto i capelli, come mordicchio la matita.

Non ho riscoperto una cosa che mi ero dimenticata: semplicemente nessuno mi aveva mai detto che anch'io potevo godere quando e quanto volevo. L'esperienza vissuta con lui mi ha cambiata nel profondo. Ho imparato a rivendicare il mio diritto al piacere, a godere, a chiedere. Senza giudicarmi. Ho trovato la mia vera forma.

Quindi, caro portinaio, guardami pure mentre passo, scrutami, trova le differenze tra come porto i capelli quando salgo e come sono quando scendo. Guarda se la gonna è un po' spostata, se il viso è arrossato, se il rossetto è meno acceso di quando sono salita. Ti sei accorto che adesso quando sei sul portone ti passo vicino e quasi ti sfioro? Voglio che tu senta l'odore che mi porto sulla pelle, l'odore di quello che ho appena fatto. E lo so che hai delle fantasie su di me, ho capito come funziona. Sorridimi pure con malizia quando passo, devi continuare da solo a fare quello che all'inizio facevamo tutti e due: l'urgenza di classificare, incasellare, la necessità di interpretare, senza lasciare spazio all'idea di possibile, all'idea inaspettata delle varianti. Spera sempre che io vada di fretta quando ti passo vicino, perché può darsi che un giorno io abbia il tempo di fermarmi e allora in quel caso, per farti sentire più vicino al tuo modo di essere, sarò io a giudicare te.

17 maggio

Ho capito quali sono le cose importanti che voglio da un uomo.

Come mi tratta.

Come mi scopa.

In quel periodo il senso di liberazione che stavo vivendo portava con sé un senso di onnipotenza. Come quando da adolescente hai ingenuamente la certezza di aver capito tutto. Non percepivo più i limiti e i confini di ciò che stavo vivendo, travolta dall'euforia di quegli incontri.

Un giorno lui mi ha chiesto: «Cosa desideri?».

«Nulla di diverso da quello che facciamo.»

«Vorrei sapere se hai delle fantasie.»

«Mi piace entrare a casa tua e non sapere cosa mi aspetta.»

«Quindi non hai nessuna richiesta... Sei sicura?» Mi ero sempre vergognata delle mie fantasie, ha capito che ero in imbarazzo. «Il tuo sguardo, l'espressione che hai in questo momento, è una delle cose più erotiche, sexy e seducenti che abbia mai visto. Il pudore che conservi è molto sensuale. Non ti preoccupare, se hai vergogna non dirmele.»

Non sapevo se confessargli la fantasia erotica che mi era venuta in mente, avevo paura che potesse prendermi in giro, anche se non lo avrebbe mai fatto. Mi sono buttata: «Mi piacerebbe farlo all'aperto. In un parco, in spiaggia, in una stradina di notte... comunque all'aperto».

«Bello, per il senso di libertà o per il rischio di essere visti?»

«Non lo so, non ci ho mai pensato, soprattutto non l'ho mai fatto... Tu sì?»

«Sì. Hai mai avuto delle fantasie mentre facciamo l'amore?»

In realtà mi era successo una volta, ma non sapevo se dirglielo. Avevo paura potesse pensare che fantasticavo perché non ero soddisfatta.

«Avere delle fantasie mentre si fa l'amore è bello e non significa che non ti piace quello che stai facendo.» Sembrava mi leggesse nella mente.

«Sì, una volta mi è capitato. Tu invece? Quali sono le tue fantasie? Lo so che adesso mi farai un elenco infinito.»

«A dirti la verità, non ne ho molte. Comunque credo che "la sconosciuta" sia la mia preferita.»

«Come "la sconosciuta"?»

«La donna che non conosco: un incontro sul treno, in aereo, in un bar. Fare l'amore con una donna di cui so poco o niente. Una situazione non programmata che capita al momento, magari solo dopo qualche sguardo.»

«Ti è mai successo?»

«Qualche volta.»

«Me ne racconti una?»

«Sul treno per Roma. Mi sono ritrovato seduto di fronte a una donna. Era in viaggio per lavoro: computer, fascicoli, telefonate continue. Ogni tanto ci si guardava. Un mezzo sorriso, uno "scusami" urtando una cosa dell'altro. A un certo punto ho deciso di andare al bar e le ho chiesto se voleva qualcosa. Mi ha risposto di no.

«"Sei sicura?"

«"Anzi sì, vorrei un caffè, ma se non ti scoccia vengo con te al bar."

«Abbiamo bevuto il caffè, mi ha raccontato che lavoro faceva, dove stava andando e come si chiamava. Tornando dal bar, nel passaggio tra due vagoni l'ho presa per una mano, l'ho tirata verso me e ci siamo baciati.»

«Siete andati nel bagno e avete fatto l'amore?»

«No, ci siamo solo baciati. Quando siamo tornati ai nostri posti, mi sono seduto di fianco a lei. Abbiamo continuato a lavorare, ma senza che nessuno se ne accorgesse le toccavo le gambe sotto la gonna. La sera, dopo le rispettive cene di lavoro, l'ho raggiunta in hotel.»

«Eccitante. Io non ho mai fatto l'amore con un uomo al primo incontro.»

Mi è venuta in mente la sera in cui ero uscita a cena con le mie amiche e l'avevo immaginato fare l'amore con un'altra donna, e io con loro. Gliel'ho raccontato, perché volevo dire qualcosa di trasgressivo che andasse oltre la mia fantasia di farlo all'aperto, che in quel momento mi sembrava persino un po' banale. Quasi mi vergognavo di avere solo quel sogno erotico.

«Fare l'amore con un uomo e una donna, insieme.» Mi sono spaventata subito dopo averlo detto, quindi ho aggiunto: «È solo una fantasia, non so se mi piacerebbe veramente provare».

«E come ti piacerebbe questa donna?»

Ho cercato di cambiare argomento perché avevo paura che volesse entrare troppo nei dettagli.

«È una di quelle fantasie che è bello se rimangono tali.»

«Va bene... ma dimmi solo come la vorresti: bionda, mora, con il seno grande, magra...»

Non so perché ho risposto: «Innanzitutto la vorrei pulita, dev'essere una donna pulita e anche elegante...».

Lui ha fatto un sorriso grande e mi ha abbracciata, devo avergli ispirato tenerezza. Chissà perché ho risposto così.

«Ma pulita bionda o pulita mora?» mi ha chiesto ridendo.

«Non lo so. Sicuramente una donna che non conosco, con un'amica non ci riuscirei mai. Poi deve essere una situazione che si crea, non potrei deciderla a tavolino. Comunque non riesco a visualizzarla fisicamente, a capire com'è fatta. La vorrei bella e basta.»

Si è alzato a prendere un bicchiere d'acqua chiedendomi se ne volevo.

«Sì, grazie.»

Ero contenta di chiudere quel discorso.

23 maggio

Amo il suo timido contatto dopo aver fatto l'amore. L'ho sempre interpretato come il suo modo per farmi capire che mi vuole bene. Spesso mi fa scoprire luoghi in cui nessun uomo mi ha mai portata, mi fa giocare sul confine dei miei limiti, me li fa vedere e toccare con mano. Prima di separarci mi riconsegna sempre a territori conosciuti, con carezze, abbracci e baci delicati. Mi piace da morire quando mi bacia le palpebre, quando mi tiene la mano e le nostre dita si allacciano come una cerniera. Mi sembra che se all'improvviso crollasse il mondo, sarei salva.

28 maggio

Sono andata a rileggere alcune frasi che ho scritto più di un anno fa. Le avevo sentite dire da una ragazza e mi avevano infastidita. Ho scritto dei commenti molto duri. La ragazza era un'amica di Federica che non conoscevo e che un giorno aveva pranzato con noi. Sosteneva che puoi incontrare un uomo, fidanzarti, andarci a vivere insieme, sposarlo e addirittura farci un figlio, convinta che quello sia l'uomo della tua vita. Si sta bene insieme, ci si ama, si è gentili l'uno con l'altra. Si vive quel rapporto anno dopo anno: si è una famiglia. Un giorno, però, lo sguardo di uno sconosciuto ti inchioda al muro. Una persona ti sfiora appena e inaspettatamente, in un istante, avverti una sensazione che non hai mai provato in tutta la tua vita. Un'emozione che ti spaventa, più potente delle tue convinzioni e dei tuoi valori, gli stessi che hai sostenuto e per i quali ti sei sempre battuta. Ti senti nuda e tutto il mondo costruito con tanto impegno e precisione può crollare come un castello di sabbia. Quello sguardo ti travolge prima che tu possa metterti al riparo con i soliti discorsi razionali: "Se sono attratta da un altro uomo significa che non amo più il mio, piuttosto che tradirlo lo lascio e poi mi metto con l'altro, non potrei mai tradirlo...".

Tutti sanno che può accadere e molti ne sono spaventati. Per questo decidono di sposarsi: per attenuare questa paura. Il matrimonio è una promessa, promettimi che mi amerai per sempre. A volte mancano il tempo e la forza per prendere una decisione e allora scegli di lasciarti travolgere. E l'altro non può arrabbiarsi con te, perché sa che poteva succedere anche a lui e il fatto che non sia successo non lo rende una persona migliore. Quando stai con qualcuno, non puoi chiedergli garanzie, perché non puoi chiederle neanche a te stesso. L'amore è un rischio che una persona si assume. Per questo il vero amore è per i coraggiosi.

Ricordo di non aver detto nulla a quel pranzo, pur trovando fastidiose le sue parole. Il suo mi sembrava un modo per giustificare certe azioni, per non prendersi responsabilità. Avevo sempre creduto che se un rapporto è forte, leale e intimo, nessun uragano può spazzarlo via. Oggi non so più se la penso come allora, non riesco ad avere un'opinione chiara su questo argomento. Se io e Paolo ci fossimo amati veramente, se avessimo avuto una reale intimità, il coraggio di avvicinarci l'uno all'altra, magari in quell'appartamento non sarei mai entrata. Forse è come la storia del lupo e dei tre porcellini: conta la potenza del soffio, ma anche come hai costruito la casa.

L'unica cosa certa è che ora giudico con meno severità le azioni degli altri.

31 maggio

Cosa mi potrebbe accadere se all'improvviso quella porta non si aprisse più per me? Troverei altre scale che mi fanno battere il cuore così forte? La donna nuova che sono rimarrebbe chiusa dentro o chiusa fuori?

Forse mi resterebbe solo la consolazione di rifugiarmi tra le pagine di questo diario. Chissà se qui potrei finalmente sentirmi salva?

Sono domande alle quali solo il tempo può rispondere. Ora sono costretta a vivere, per il resto devo aspettare.

3 giugno

Oggi sono andata dall'estetista. Mi ha convinta a fare un massaggio. Avevo tempo, lei aveva posto. Ho chiuso gli occhi, mi sono rilassata, ho iniziato a pensare che quelle mani fossero le sue, mi sono eccitata. Non credo che la ragazza se ne sia accorta. Quando ha finito, prima di uscire mi ha detto: «Resta pure quanto vuoi, fai con calma». Rimasta sola, non ho resistito e mi sono toccata. Fuori dal centro estetico, non ricordavo più dove avevo parcheggiato.

Rileggere di quel pomeriggio mi fa sorridere. Ricordo perfettamente lo stato d'animo con cui affrontavo i miei giorni e le cose del quotidiano. Da quando c'era lui, mi svegliavo più leggera e allegra. Spesso mi accarezzava il pensiero di noi e mi ritrovavo a sorridere stupita di quello che ero riuscita a fare con lui.

Una mattina, mentre stavo andando in ufficio, mi è arrivato un suo messaggio: "Riesci a venire da me questa sera?".

"Non prima delle nove."

Appena entrata a casa sua, quella sera, mi ha dato un bacio sulla bocca, mi ha aiutata a togliere la giacca e poi, prendendomi per mano, mi ha portata in cucina. C'era una bottiglia di vino rosso aperta e abbiamo fatto un brindisi. Lui mi guardava e sorrideva. Abbiamo chiacchierato un po', mentre mi parlava era affettuoso. Mi ha spostato i capelli e mi ha baciato il collo dicendo parole bellissime. In quei momenti mi sentivo amata. Dalla tasca dei pantaloni ha sfilato un nastro nero di seta e mi ha bendata. Poi mi ha spogliata lentamente. «Sei bellissima» mi ha sussurrato all'orecchio. «Vieni, ho una sorpresa per te.»

Mi ha presa per mano e ho capito che mi stava accompagnando verso la camera da letto. Sulla soglia mi ha tolto la benda. Per un secondo mi si è fermato il cuore e lo stomaco si è chiuso. Un calore mi è esploso in tutto il corpo, soprattutto in faccia. Non ero preparata, non me l'aspettavo: nel letto c'era una donna bendata, nuda.

«Ti piace?»

Non sapevo cosa dire.
«Dimmi solo se ti piace, al resto penso io.»
Era molto bella, avrà avuto trent'anni. Bionda. Ho fatto cenno di sì con la testa, ma ero in preda a una forte emozione. Ho avuto anche il desiderio di andarmene, ma non riuscivo a muovermi.
«Non preoccuparti, sono qui con te.»
Mi ha bendata nuovamente, mi ha guidata verso il letto e mi ha fatto stendere accanto alla ragazza.
Sentivo il suo profumo. Non riuscivo a rilassarmi. Lui mi ha dato un bacio sulla bocca, mi ha accarezzato la testa. Era dolcissimo come solo lui sapeva essere.
«Ora le tolgo la benda.»
Ho avuto paura di non piacerle. Era così bella, magari vedendomi poteva cambiare idea e andarsene. Ho avuto più ansia di non piacere a lei di quanta ne avessi avuta con lui la prima volta. Lei non parlava, non diceva nulla. Ho sentito solo che si alzava. Poi le sue mani sulle mie caviglie, sulle gambe, sulla pancia, sul seno, sul collo. Mi accarezzava, mi baciava. Sentivo i suoi capelli sulla pelle. Ero rigida e agitata. Lui mi ha sussurrato all'orecchio di stare tranquilla, che se non volevo continuare bastava che lo dicessi e lei se ne sarebbe andata. Non volevo che smettesse. Ho sentito le labbra di lei sulle mie, ci siamo baciate. I suoi baci erano eccitanti e al tempo stesso delicati. Non avevo mai sentito addosso la pelle di una donna. Poi è scesa fino ad aprirmi le gambe. Una donna mi stava baciando e mi stava dando un piacere intenso. Mi è piaciuto da subito, forse ancora più di quando era lui a farlo. I muscoli del mio corpo si sono contratti per qualche secondo, la schiena

si è inarcata, le dita dei piedi tese. Mi sono lasciata andare e il piacere come un balsamo mi ha ammorbidita. Lui mi ha tolto la benda e mi ha sorriso. L'ha bendata, l'ha fatta sdraiare accanto a me e ha detto: «È tutta tua».

Non sapevo che fare, mi sono alzata, l'ho guardato negli occhi e, senza distogliere lo sguardo, mi sono abbassata e ho affondato la bocca tra le gambe di lei. Era la mia prima volta. La baciavo pensando a come piaceva a me, il suo sapore era buono. Lui si è alzato, mi ha presa per i fianchi e dopo un istante l'ho sentito dentro di me. Lei mi ha preso la testa e ha aumentato la velocità del mio movimento. Lui l'ha seguita. In quel momento mi ha attraversato il pensiero che lui potesse preferire lei a me e questo per un attimo mi ha reso gelosa.

Abbiamo fatto l'amore in molti modi, incastrando i nostri corpi e i nostri desideri. Tutto era delicato, dolce, puro. A un certo punto eravamo una cosa sola, così intimi e profondamente uniti che abbiamo raggiunto il piacere tutti e tre insieme. Non avevo mai provato una sensazione così potente. Tre corpi che tremavano all'unisono. Mi sono sdraiata a fianco di quella donna e ho desiderato guardarla negli occhi. Le ho tolto la benda e, dopo esserci fissate a lungo in silenzio, ci siamo baciate.

Quella sera sono tornata a casa incredula e felice. Paolo già dormiva, e io mi sono infilata a letto cercando di non fare rumore. Sentivo i nostri odori mescolati: sulle mani, sui polsi, sulle labbra. A ogni piccolo movimento li sentivo salire dalle lenzuola. Mi sono addormentata avvolta nell'odore del mio eccitante segreto.

7 giugno

Devo uscire da qui. Da questa casa piena solo dei nostri silenzi. Questa casa così grande, in cui per assurdo mi sento soffocare, come dico sempre a Paolo. Forse aspettavo che qualcuno venisse a salvarmi da me stessa, questo probabilmente è il motivo per cui a volte detesto quest'uomo. Mi fa rabbia e provo quasi fastidio nei suoi confronti. Non l'ho mai scritto, ma ci sono momenti in cui mi irrita. Soprattutto all'inizio, quando capivo il potere che aveva su di me e mi chiedevo com'era possibile che mi fosse piaciuto così tanto da subito.

Il motivo per cui a volte mi indispone è che non doveva essere lui a salvarmi. Non spettava a questo sconosciuto. Era su un altro uomo che avevo puntato, un uomo che, come dice Carla, non si accorge nemmeno che me ne sono già andata.

10 giugno

Questa mattina ho portato in ufficio il diario per rileggere alcune parti.

Quando sono andata da lui dopo il lavoro, ho pensato che per la prima volta queste pagine avrebbero respirato l'aria di ciò che raccontano. Mentre facevamo l'amore, sentivo che ogni bacio, ogni sguardo, ogni tocco si sarebbe fissato per sempre sulle pagine bianche.

Prima di andare da lui ho comprato un vestito e un intimo nuovi. In macchina gli ho mandato un messaggio: "Lascia aperta la porta, prepara due bicchieri di vino rosso e aspettami in camera".

Sono entrata, mi sono spogliata nell'ingresso, dalla borsa ho tirato fuori tutti i nuovi acquisti e mi sono preparata per lui. Ho preso i due bicchieri di vino e l'ho raggiunto in camera da letto. Quando mi sono presentata, ha fatto un'espressione che mi ha ripagata di tutto. Mi chiedo come si possa smettere di desiderare un uomo così.

«Non toglierti nulla, nemmeno le scarpe... rimani così» mi ha detto e abbiamo fatto subito l'amore.

Mi vedevo riflessa nello specchio e mi piacevo con indosso i regali che mi ero fatta e le mie scarpe con il tacco. Mi trovo irresistibile quando sono con lui. Poi ho provato un'esperienza nuova ed è stato più semplice farla che scriverne ora. Avevo già provato una volta con il mio primo fidanzato, ma mi aveva fatto subito male e avevo pensato che non fosse per me. Mi ero ripromessa di riprovarci un giorno con il mio futuro marito. Paolo, però, non me l'ha mai chiesto. A essere sincera neanche lui me l'ha chiesto, l'ha fatto e basta. Non ho opposto resistenza, non ho detto nulla per fermarlo, è stato tutto molto naturale. Ho avu-

to paura che mi facesse male e anche di dovergli chiedere di smettere. Ho sentito un brivido attraversarmi il corpo. Il leggero dolore che ho provato all'inizio ha lasciato spazio a un piacere diverso e nuovo.

A volte ripenso a tutte le cose che ho fatto con lui e mi dico che alla mia età è ridicolo provare queste esperienze nuove; andavano fatte prima, da ragazzina. Poi penso che in fondo a questa età assumono un significato più grande, perché costringono a fare i conti con se stesse, con la propria vita.

14 giugno

Questa mattina mi sono svegliata eccitata all'idea che avrei passato tutta la domenica con lui, felice di potermi preparare con calma e fare tutto tranquillamente. Paolo è via per lavoro e gli ho detto che sarei stata tutto il giorno con Federica.

Ho fatto colazione come piace a me, pensando a cosa avrei indossato, anche se in realtà un'idea me l'ero già fatta ieri sera. Mentre sciacquavo i piatti, mi sembrava di sentire tutto più intensamente: l'acqua che mi scorreva sulle mani, il mio respiro, le cose che toccavo. Ho messo della musica e sono venuta qui in camera a scegliere come vestirmi. Ho accostato sul letto tutti gli abbinamenti, le opzioni possibili, a parte l'intimo che avevo già scelto ieri. Poi ho riempito la vasca e ho fatto il bagno con i sali profumati. Mi sono lavata bene i capelli sotto la doccia, li ho raccolti in un asciugamano e mi sono messa la crema sul corpo. Mi eccitava prepararmi con l'idea che poi sarei stata sua. Mi sono asciugata i capelli e mi sono vestita. Alla fine ho scelto un abitino semplice.

È bello uscire di casa pronta, non come quando sono costretta a cambiarmi a casa sua o peggio ancora in macchina. Oggi ho messo giusto un filo di rossetto, non si vedeva nemmeno. Sono stata indecisa se truccarmi di più gli occhi per avere uno sguardo diverso o se presentarmi senza nulla di innaturale per ostentare semplicità. A volte dopo tutto il tempo che mi dedico, mi viene il dubbio di avere esagerato e alla fine forse sto meglio nei giorni in cui mi lascio stare e vado di fretta.

In macchina ero felicissima, sembravo una bambina. Mi sono guardata molte volte nello specchietto prima di salire da lui. Nel suo ascensore non c'è lo specchio, quindi mi sono toccata ancora una volta i capelli cercando di capire al tatto come mi stavano. Mi sono tirata su bene le autoreggenti e ho fatto scorrere le mani sulle cosce per sistemarle.

Lui mi ha accolta alla porta dicendomi che ero bella. Sembrava molto tranquillo e a suo agio; io invece ero in imbarazzo, perché di solito appena entro ho la sua bocca e le sue mani ovunque. Non oggi.

Mentre mi preparava il tè, ho visto sul tavolo della cucina i disegni di una casa, sembravano fatti da un architetto. Gli ho chiesto se era la tenuta che aveva con il fratello in Toscana.

Ci siamo seduti sul divano e abbiamo parlato di un progetto di lavoro che forse ci avrebbe costretti a collaborare di nuovo. Ci siamo immaginati come avremmo potuto nasconderci agli occhi di tutti per continuare a fare l'amore. Poi lui mi ha preso la tazza di tè dalle mani, l'ha appoggiata insieme alla sua sul tavolino e mi ha attirata a sé. Mi batteva forte il cuore mentre lentamente i nostri corpi iniziavano a impastarsi tra loro. Abbiamo fatto l'amore delicatamente, in silenzio, alla luce del giorno, senza giochi estremi. Ci siamo addormentati abbracciati. Quando mi sono svegliata, stava russando leggermente. Mi sono spostata un poco e l'ho guardato, seguendo la linea del suo viso, il taglio degli occhi. Mi piace da impazzire la forma della sua testa. Più lo guardavo più mi sembrava bello. È un uomo che desidero costantemente, mi eccita perfino quando percorro lentamente con lo sguardo il suo profilo disteso. Mi sono detta che devo stare attenta, il gioco della normalità di oggi è pericoloso per me. In questa storia mi ci sono buttata con tutto il corpo e con la testa, ma non posso metterci il cuore. Forse mi sto solo ingannando e ce l'ho già messo, forse mi sono già innamorata. Ho scacciato subito questi pensieri e mi sono rimproverata per non essere in grado di lasciarmi andare completamente e vivere quello che accade. Devo sempre distruggere le cose belle prima ancora che nascano per paura di soffrire.

Lui si è svegliato e mi ha sorpresa a fissarlo. Mi ha dato un bacio e, come se mi leggesse nella testa, mi ha detto di non pensare troppo. Poi si è alzato, si è fatto una doccia ed è andato in cucina. Abbiamo bevuto del vino rosso. A casa non bevo mai vino, anche se mi piace, perché Paolo preferisce la birra e non mi va di aprire una bottiglia da sola.

Mi piace come si muove tra le sue cose, come cerca e trova subito gli oggetti che gli servono. Mentre aspettavamo che il pranzo fosse pronto, ha preparato delle tartine di pane tostato con una crema fatta di avocado, peperoncino, limone, olio d'oliva e sale. Ci siamo seduti a tavola che erano già le tre passate. Ero felice di ogni cosa, emozionata, commossa da tanta semplice bellezza. Ci siamo spostati nuovamente sul divano e abbiamo bevuto un caffè. Indossavo una sua maglietta e mi ha detto che la notte ci avrebbe dormito per sentire il mio odore.

Ha acceso lo stereo e mi ha fatto ascoltare della musica bellissima che non conoscevo, dei notturni di John Field. Parlava, mi baciava, mi prendeva in braccio e mi costringeva a ballare con lui. Ero ubriaca, ma non di vino.

Mi girava la testa e sono andata in bagno a sciacquarmi la faccia. Ho riconosciuto la donna riflessa: è solo nello specchio di casa sua che mi riconosco. Finalmente mi vedo.

Quella domenica è stata così intima e delicata che il giorno seguente ho sentito il bisogno di chiamare Carla.

«Sto uscendo da un negozio di dischi.»

«Cosa ci fai tu in un negozio di dischi?»

«Perché, che c'è di strano? Non posso comprarmi della musica?»

«Certo che sì, ma è la prima volta che te lo sento dire. Cos'hai comprato?»

«Dei notturni di John Field.»

«Come fai a conoscerlo?»

«L'ho letto su una rivista. Comunque non ti ho chiamato per parlare di musica ma per dirti che ieri sono stata tutto il giorno con lui.»

«Come tutto il giorno?»

«Sì, ho detto a Paolo che andavo da Federica e invece sono stata a casa sua dalla mattina fino all'ora di cena.»

«Com'è andata?»

«Non credo di essere mai stata così bene con un uomo in vita mia. Mi ha cucinato il pranzo, abbiamo bevuto un vino davvero buono, abbiamo parlato molto.»

«Non ti starai mica innamorando?»

«No, no. Non credo.»

«Elena. Non fare cazzate.»

«No, cioè forse un po' sono presa, ecco... nel senso che è difficile non innamorarsi o non provare qualcosa. Tu mi conosci e poi lui è un uomo meraviglioso. Al di là del sesso, è un uomo attento e affettuoso. Insomma, non ci sono abituata. Credo che anche lui sia un po' preso, altrimenti non si comporterebbe così.»

«Ma lui che dice?»

«Niente, non ne abbiamo mai parlato in maniera esplicita, però lo si capisce da cosa viviamo quando stiamo insieme.»

«Stai attenta a non farti dei film. Magari lui si sta vivendo questa storia in maniera diversa.»

«Capisco che sia difficile da credere, ma se tu ci vedessi insieme forse capiresti.»

«Può darsi, non dico che tu non abbia ragione, dico solo di stare attenta... magari su piccoli equivoci iniziali uno si costruisce delle idee e delle convinzioni a senso unico.»

Quel giorno al telefono Carla continuava a ripetermi di stare attenta. Lo ha ripetuto talmente tante volte che in quel momento ho avuto persino il sospetto che desiderasse che le cose tra me e lui andassero male. Intuivo che anche per lei fosse difficile capire che cosa succedeva in quell'appartamento.

17 giugno

Scrivere mi fa rivivere le emozioni, mi fa sentire vicina a lui. A volte mentre scrivo faccio delle pause e porto la mano vicino al naso per sentire i nostri odori, o solo il mio. La mano con cui scrivo è la stessa con cui mi do piacere. Scrivere è diventato quasi come toccarmi.

Ho capito che non scrivo solo perché ho paura di dimenticare, ma anche per scacciare le mie paure. Paure di perdere di nuovo ciò che lui mi ha restituito.

Credevo di non essere capace di amare uno sconosciuto. Avevo sempre pensato all'amore nel modo in cui mi era stato insegnato, convinta che fosse l'unico. Con lui invece è stato tutto diverso. Con lui ho deciso di non fingere, di non indossare maschere, voglio che mi veda per quella che sono. Se adesso oltre alla passione e al desiderio provo un sentimento, non mi nascondo.

Ho scritto queste parole dopo che lui si era aperto e confidato con me come non aveva mai fatto prima. Stavamo facendo il bagno, avevamo bevuto una bottiglia intera di vino e l'acqua ci stava rilassando ancora di più. Sul bordo della vasca c'erano degli occhiali da sole.

«Che ci fai con questi?» gli ho chiesto.

«Mi piace fare il bagno con gli occhiali da sole, è un'abitudine che ho da anni. Provali.»

Mi sono messa i suoi occhiali.

«Ti stanno bene» mi ha detto ridendo.

«Tieni, sono i tuoi, mettili tu.»

Li ha provati, ma se li è tolti subito. «Mi vergogno se non sono da solo.»

«Perché? Fai spesso il bagno in compagnia?»

Lui ha riso.

«Rispondi, quante donne sono state in questa vasca prima di me?»

«Non molte, ho rifatto il bagno da poco...»

«Sei uno stronzo!»

«È la verità, questa vasca ce l'ho da un paio di mesi e tu sei la prima.»

«Seriamente, quando è finita la tua ultima storia?»

«Non so nemmeno se definirla una storia, comunque è più di un anno ormai.»

«Ma ti sei mai innamorato veramente?»

«Certo che mi sono innamorato, non sono mica un extraterrestre!»

«E cosa è successo?»

«Niente, le storie finiscono.»

«Quanto è durata?»
«Due anni.»
«Da allora non hai mai più sentito la necessità di stare con una donna in maniera intima? Non ti senti mai solo? Non hai paura di invecchiare solo?»
«Sono già vecchio» e si è messo a ridere.
«Hai solo tre anni più di me, mi stai dicendo che sono vecchia?»
«Tre anni sono tanti.»
«Come ti vedi tra qualche anno? Sempre da solo o con una donna?»
"Di' che ti vedi con me, tra qualche anno" pensavo.
«Ho un sacco di immagini che mi piacciono di me con una donna, situazioni belle da vivere insieme, ma so che non ne sarei capace. Nella mia testa sono perfette come tutte le fantasie, ma nella realtà non sono mai così e so che è colpa mia. Mi piace immaginare una bella storia d'amore, poi quando la vivo tiro fuori la parte peggiore di me. Il rapporto di coppia mi peggiora.»
«Magari è l'idea di coppia che hai in testa a essere sbagliata, forse hai riferimenti poco felici. I tuoi si amavano?»
«Credo di sì. Mio padre era sempre in giro per lavoro, quando ero piccolo lo vedevo poco. Io e mio fratello ne avevamo soggezione. Credo che i miei si amassero a modo loro. Mia madre non vedeva l'ora che tornasse, ma quando era a casa sembrava solo desiderare che ripartisse. Era diversa quando c'era lui. Mi mancava mio padre, ma era più bello stare a casa noi tre da soli. Giocavamo di più, eravamo tutti più tranquilli. Comunque penso che questo non c'entri con le mie relazioni, credo semplicemente

di non essere capace di vivere una storia all'altezza delle mie fantasie. Nel frattempo convivo con le mie immagini.»

«E quali sono queste immagini?»

«Quelle di tutti, penso.»

«Dài, smetti di fare quella faccia timida e imbarazzata, che tanto non ci credo, e dimmene qualcuna.»

Si è rimesso gli occhiali da sole. «Niente di originale. Penso che sia incredibile come cambia tutto quando incontri la persona che ami, incredibile quanto velocemente quella persona ti possa bastare. Ti senti avvolto e riscaldato dal pensiero di lei, tutto diventa più leggero, anche se sei al lavoro e sono le quattro e venti del pomeriggio e fuori piove. Sei in macchina in autostrada, sei stanco, i vestiti ti stanno scomodi, ma pensi a lei e sorridi da solo, poi ti guardi nello specchietto per vedere se sei abbastanza bello per lei. Mandi messaggi e se non ti risponde subito è perché è in riunione o non ha sentito, certo non perché non ha voglia. È venerdì sera, la vedi e pensi che sei fortunato perché per due giorni è tutta tua. È tua a colazione, è tua dopo pranzo nel letto, mentre cerchi di vedere un film. Ti dice che martedì sera le va di cucinare per te e che ti aspetta a casa verso le nove, e tu alle otto e quarantacinque fai le scale di casa sua a due gradini alla volta, allegro e innamorato, perché hai voglia di baciarla e di sentire il suo odore. Quando entri in casa sua c'è già un buon profumo e non sai trovare le parole per dire a te stesso quanto sei felice, e quando sei solo in bagno ti guardi allo specchio e ti fai i complimenti per quanto lei è bella.»

«Non sei normale. Ci credo che poi la realtà ti delude.»

«Non è il fatto che le cose non corrispondano a come le ho immaginate, sono io a non essere così sereno e innamorato mentre faccio quelle scale. Immagino un uomo capace di amare e di farsi amare, mentre io non lo sono.»

«Se ci si ama si impara ad amare, credo.»

«Io non imparo, mi sa, o almeno non ho ancora imparato.»

«Quando amerai veramente succederà.»

«Lo so.»

Mi ha spruzzato dell'acqua addosso.

«Vuoi sentire altre fantasie?»

Ho detto di sì perché mi sembrava un po' imbarazzato e non volevo farlo sentire a disagio.

«Le mie fantasie sulla coppia sono quasi tutte ambientate tra fine settembre e i primi di novembre.»

«Perché?»

«Non lo so, sono così. Ottobre... mi vedo con il maglione e la giacca in giro per le strade mano nella mano con lei. La domenica ce ne andiamo a mangiare i ravioli di zucca a Mantova o le tagliatelle a Bologna in un ristorante che conosco da anni. Poi la sera torniamo a casa in macchina, verso Modena comincia a piovere e si vedono le luci dei fanali delle auto davanti a noi che sembrano spiaccicate sul vetro per effetto della pioggia. In macchina è tutto buio, tranne la luce dell'autoradio che suona un CD meraviglioso. Guido solo con la mano sinistra perché con la destra tengo la sua e vorrei abbassare un po' il volume della radio, ma non mi va di lasciarle la mano. Mi vedo durante i weekend nelle capitali europee in hotel di design: saune, bagno turco, spa, centri benessere, verso le cinque entrare in un caffè per mangiare una fetta di torta di mele e cannella con un tè caldo. Mi vedo che beviamo vino davanti al caminetto, che stiamo insieme senza nemmeno fare l'amore perché a volte stiamo bene così, mi vedo in casa a cucinare insieme e a guardare un film, a leggere ognuno il proprio libro sul divano.

«Mi piacciono tutte queste fantasie. Però quando mi è capitato di stare con una donna, non ne sono stato capace. Quando sono con una donna, dopo un po' di tempo sogno di andare da solo in California, di noleggiare una macchina e guidare per ore con il vento tra i capelli.

«Quando sto con una donna sogno la libertà, quando sono libero sogno l'amore. Finché non imparo a sentirmi libero dentro una relazione sarà dura per me. Penso sempre che un giorno tutto cambierà in un istante. So che le cose che ho detto non contano niente, sono solo delle difese, sono risposte provvisorie che non dureranno ancora molto. Un giorno saranno insufficienti e allora deciderò se trovarne di nuove o arrendermi. C'è qualcosa di irrisolto che non mi permette di vivere serenamente dove sono. Scappo sempre tra i ricordi del passato e il futuro che mi immagino. Solamente quando faccio l'amore sono presente, è l'unico momento in cui vivo l'attimo. Lo so, sono banale, ma questo appartamento per adesso è la mia misura. Quando entri da quella porta io sono qui, presente e in grado di amare. Fuori non ne sono capace.»

«In che senso?»

«Mi sembra che sia meraviglioso quando due persone riescono a stare bene insieme senza innamorarsi, invece quando si innamorano o iniziano a dirsi che si amano o a introdurre le parole "per sempre" è come se in quel momento iniziasse l'atterraggio. Come se la frase "ti amo" fosse l'inizio della fine. Forse esagero... è un argomento su cui ultimamente sono molto confuso.»

Mentre diceva queste cose, era dolce, fragile e adorabile nella sua onestà.

«Stai sorridendo perché non ci credi nemmeno tu all'ultima cosa che hai detto, vero?» ho commentato.

«Forse no.»

«E allora perché l'hai detto?»

«Così mi contesti con qualcosa di intelligente e mi rassicuri.»

«Non ti rassicuro per niente, ti arrangi.» Questa volta ero io a sorridere.

«Allora mi affogo nella vasca.»

«Vedi? Alla fine fai una battuta su tutto e sei salvo.»

«Un giorno smetterò di scappare e la mia ironia cesserà di essere una difesa. Sarà solo una qualità, perché oggettivamente sono molto simpatico» mi ha detto con un sorriso a trentadue denti.

Ho riso anch'io. «Ma su di noi avevi delle fantasie?»

«Dal primo momento che ti ho vista.»

«E che fantasie avevi?»

«Quelle che stiamo vivendo.»

«E con le mie colleghe?»

«No, con loro no.»

«Guarda che sono più belle di me.»

«Non sono d'accordo e poi a loro manca qualcosa che tu hai.»

«Cosa non hanno che io invece ho? Sentiamo.»

«Una cosa inspiegabile, ma che si avverte. Qualcosa che ti rende femmina, come se a tua insaputa portassi addosso l'odore seducente del peccato originale. Per una donna come te strapperei tutte le mele dall'albero, anche se Dio non me lo perdonerebbe. Tu mi ricordi le corse in bicicletta che facevo da ragazzino attorno alla casa.»

«Questo non me lo avevano mai detto.»

«È la prima volta che la sento anche io. Comunque il punto è che non ho ancora imparato ad amare serenamente e non me ne faccio certo un vanto.»

«Vedrai che quando dovrà succedere, succederà.»

Dicendo queste parole, mi sono accorta che pensavo a noi due. In quel momento mi sono chiesta come mai un uomo come lui, così capace di parlare a una donna, di raccontare liberamente i propri limiti e le proprie contraddizioni, non riuscisse ad avere una relazione stabile.

Aveva appoggiato la testa al bordo della vasca e, con gli occhiali ancora indosso, guardava il soffitto. Ho avuto l'istinto di abbracciarlo forte e di non lasciarlo più, ma non l'ho fatto per paura che sognasse la California.

25 giugno

Oggi pomeriggio sono andata in bagno e ho fatto una foto sexy. Poi gliel'ho inviata, con un messaggio: "Così non ti dimentichi di noi".

"Ti adoro, e adesso ne voglio un'altra."

Ne ho fatta un'altra e lui ha risposto: "Torno presto, mi mancate. Adesso devo continuare questa riunione eccitato".

È iniziato un fitto scambio di messaggi. "In questo momento non sai che ti farei."

"Scrivimelo."

"Preferisco fartelo vedere quando ci vediamo." Avevo vergogna di scrivere quello che mi passava per la testa.

"Un accenno?"

Sapere di poterlo eccitare mi fa sentire potente. Mi sono lasciata andare al gioco e gli ho mandato un altro messaggio.

La sua risposta è stata: "Così mi fai impazzire, riunione impraticabile, non riesco a ragionare, il sangue non arriva al cervello".

"Bene, mi sembra una buona notizia."

"Passi questa sera? Quando mi mandi le foto non posso aspettare."

"Non ce la faccio, non sai quanto vorrei."

"Farò da solo, che spreco. Ciao, a domani."

Quella sera a casa ho capito che, anche se continuavo a giocare come le prime volte, per me non era più solo una questione di sesso. C'eravamo sempre detti tutto liberamente, per questo ho deciso che il giorno dopo gliene avrei parlato.

Quando sono andata da lui, l'effetto delle fotografie era ancora vivo e quell'attesa è sfociata nella passione che avevo imparato a provare. Tuttavia il ricordo più acceso di quell'incontro non è stato come abbiamo fatto l'amore, ma quello che è successo dopo.

In bagno non c'erano gli asciugamani, così ho aperto l'armadietto per cercarne uno, ma la mia attenzione è stata catturata da un beauty femminile, accanto alla pila di asciugamani. Mi si è fermato il cuore. Non sapevo che fare, sono rimasta immobile con l'anta dell'armadietto aperta. Non sapevo se aprire il beauty per vedere cosa contenesse, magari c'erano cose sue, magari c'era una spiegazione diversa da quella che pensavo, magari era lì da molto tempo, dimenticato da una donna. Mi sono guardata allo specchio, ho preso l'asciugamano, ho richiuso l'anta e mi sono seduta. In quel momento ho capito quanto fossi fragile. Sono rimasta seduta qualche minuto cercando di resistere alla tentazione di aprirlo.

All'improvviso ho sentito la sua voce da dietro la porta del bagno: «Sempre senza zucchero e con un goccio di latte, vero?».

«Sì, grazie... arrivo subito.»

Mi sono alzata e mi sono guardata allo specchio: non conoscevo quella faccia. Ho cercato di mascherarla, non volevo che mi vedesse così. Ho deciso che non avrei detto nulla. Quando sono entrata in cucina, mi ha allungato la tazza del caffè sorridendo. Non aveva idea dello shock che avevo appena vissuto nel bagno.

«Va tutto bene? Hai una faccia strana, sei pallida.»

«Sì, sì, tutto bene.»

«Sei sicura? Che c'è?»

Ho avuto la tentazione di dirglielo, di chiedergli del beauty e di spiegarmi che stavo interpretando male, che alla fine c'era una spiegazione. Invece ho detto: «Niente, mi sono venute le mie cose in anticipo. Meglio se vado a casa, non ho gli assorbenti con me».

«Posso esserti di aiuto in qualche modo?»

«No, tranquillo, adesso vado, mi spiace. Ah, ho aperto l'armadietto per prendere degli asciugamani.»

L'ho guardato dritto negli occhi per cogliere un'espressione di imbarazzo sul suo viso, ma niente.

«Mi daresti un bicchiere d'acqua?»

Mentre mi prendeva l'acqua, ho recuperato la borsa. Dovevo uscire subito da quell'appartamento, non stavo bene. Ho bevuto e me ne sono andata, con un peso sul cuore. L'ascensore invece che scendere sembrava precipitare nel vuoto.

27 giugno

Ho sbagliato a non aprire quel beauty, almeno adesso saprei che cosa conteneva. Ci sono altre donne nella sua vita? Questa domanda mi tortura. Perché mi fa così male? Sono io quella sposata, non ho alcun diritto di pretendere un rapporto esclusivo, non ero e non sono nemmeno nella condizione di indagare. Eppure la curiosità cresce ogni minuto che passa. È come se stessi perdendo il controllo, la serenità che pensavo di aver conquistato. Se ci sono altre donne, voglio sapere che rapporto ha con loro. Con tutte fa l'amore come lo fa con me? Con tutte gioca così? Sono donne che frequenta da prima di conoscere me o le ha incontrate dopo?

Sono le due del mattino e non riesco a prendere sonno. Sono venuta in cucina a scrivere. Ho paura, paura che finisca tutto, che lui non sia come ho sempre immaginato. Ho paura che si coinvolga con un'altra donna e che la preferisca a me.

Paolo è appena andato in bagno e prima di tornare a letto è passato dalla cucina. Ha borbottato qualcosa sul fatto che tengo un diario come le ragazzine, mi ha ricordato di spegnere le luci e se ne è andato a letto.

Vorrei fermarlo, farlo sedere e confessargli tutto. Dirgli dove vado quando arrivo tardi per la cena. Raccontargli dove passo le pause pranzo, dove corro quando esco prima dall'ufficio. Vorrei fargli conoscere la donna che ha di fronte. Vorrei fissarlo negli occhi e chiedergli perché mi hai lasciata sola in questi anni: "Guarda dove sono ora".

27 giugno

Questa notte quando ho chiuso il diario e sono andata a dormire erano le tre passate. Ho fatto fatica a addormentarmi e quando questa mattina è suonata la sveglia ho avuto la sensazione di aver dormito solo qualche minuto. Sono stravolta.

Ho appena finito di litigare con Paolo. Ormai non lo sopporto più, non sopporto il suo modo di parlare, di camminare, il rumore che fa con le ciabatte. Perfino il suo odore mi innervosisce. Oggi ce l'aveva con la madre perché ha dato dei soldi a suo fratello per aprire un'attività. Si lamentava del fatto che ha usato i soldi della liquidazione di suo padre. «Mio fratello dice sempre che mia madre non capisce un cazzo, però poi quando ha bisogno di soldi va da lei a batter cassa.» Non gli ho nemmeno risposto, l'ho lasciato da solo a lamentarsi.

Ho pensato a lungo alla storia del beauty e ho deciso che voglio sapere se ci sono altre donne nella sua vita. Ho il diritto di sapere, lui sa che sono sposata, conosce la mia situazione e credo sia giusto che io conosca la sua. Tra l'altro non ho più fatto l'amore con Paolo da quando lo faccio con lui. È stata una mia scelta, lui probabilmente non lo avrebbe nemmeno vissuto come un tradimento, ma io sì.

Non so come mai non gli abbia mai chiesto seriamente se ci sono altre donne. Forse inconsciamente non volevo scoprire di non essere l'unica, per poter vivere il mio sogno come meglio desideravo. Per quanto un sogno sia bello prima o poi ci si sveglia.

Questa mattina gli ho scritto: "Se puoi domani dopo l'ufficio ci sono. Vorrei parlarti".

Sono andata da lui, forte dei miei ragionamenti. In macchina, mentre guidavo, ho ripetuto mille volte i discorsi che masticavo da ore. Mi era tutto chiaro, sapevo cosa era giusto fare, cosa dire, o eventualmente ribattere, perché avevo già vissuto quell'incontro nella mia testa e avevo immaginato anche le sue risposte. Mi sentivo decisa e sicura.

Sono entrata a casa sua e in pochi secondi tutte le mie certezze sono crollate una dopo l'altra. L'odore di quella casa, il suo sorriso, il suo sguardo, il suo bacio lento e lungo. Il suo abbraccio. Non ho capito più nulla. Non sono stata in grado di salvare nessuna delle parole che mi ero preparata, le poche che ricordavo erano brandelli di discorsi che avevano perso la loro potenza. Non riuscivo a pronunciare nemmeno quelle: in quel momento stavo così bene che non volevo rovinare tutto con le mie insicurezze. Era così bello. Non avevo dimenticato i rischi che correvo, semplicemente era bastato l'odore del suo respiro a vincere su tutto. Dopo il primo bacio, dopo aver sentito le sue mani su di me, ho pensato che gli avrei parlato la prossima volta e mi sarei goduta quello che stavo provando. La tentazione di aprire quel beauty, però, era ancora viva. La curiosità era troppa, incontrollabile. Sono andata in bagno. Volevo scoprire cosa conteneva e magari riuscire a capire di chi fosse. Lo so, certe cose non si fanno. Ho sempre criticato chi controlla il cellulare del proprio compagno, ma qualcosa si era impadronito di me. Non potevo fermarmi. Ho chiuso a chiave la porta del bagno e mi sono guardata allo specchio. Volevo vedere la faccia che avevo mentre andavo contro i miei principi. Ho aperto l'armadietto. Mi si è gelato il sangue: il beauty non c'era più. Ho controllato dietro gli asciugamani, dietro il suo rasoio elettrico. Ho spostato i medicinali, le creme, ogni cosa. Niente, sparito.

"Che faccio adesso?" ho pensato. "Torno di là e gli chiedo dov'è il beauty? Gli dico che l'altra volta c'era e adesso non c'è più? Mi prenderebbe per pazza, una donna che quando si chiude in bagno fa l'inventario di quello che c'è."

Mi sono guardata di nuovo allo specchio: stavo male, peggio dell'altra volta. Mille ipotesi, mille pensieri mi riempivano la testa. Forse la donna a cui apparteneva il beauty era passata e se l'era portato via. Oppure lui aveva capito che l'avevo visto e lo aveva fatto sparire. Quando sono tornata in camera, lui mi ha chiesto: «Non dovevi dirmi una cosa?».

«Sì, ma non era niente di importante. Scusami, adesso devo proprio scappare.»

1° luglio

Non riesco a scacciare dalla mia testa l'immagine di lui con altre donne. La sera che sono uscita a cena con le amiche, e lui non ha risposto ai miei messaggi, ho immaginato che stesse facendo l'amore con un'altra donna. Quel pensiero mi ha eccitata. Questa volta invece è diverso, mi sento esclusa, debole e vulnerabile. Non riesco ad accettare che lui possa giocare con un'altra come fa con me, che possa avere con lei un'intimità e una complicità simili alle nostre.

Una volta mi ha detto: «Quando entri da quella porta e finché non esci, tu sei la mia donna e io il tuo uomo. Ho bisogno di sapere questo per poter giocare con te. Lo accetti?».

Ho accettato. Ora non so più se lo rifarei.

4 luglio

Tutta questa paura non è dovuta solo alla gelosia per aver trovato quel beauty, ma soprattutto a quello che ho provato: capire quanto io sia dentro questa storia. È come se mi fossi risvegliata da un lungo sonno, come se avessi vissuto sospesa in una dimensione astratta, come se tutto fosse accaduto al di fuori della mia vita. Mi sono ritrovata catapultata nella realtà, ci sono dentro fino al collo e non ho preso nessuna precauzione. La differenza è che ora la realtà della mia vita contiene anche lui. Ormai lui è reale. Ho scritto che forse mi ero innamorata, ora non ho più dubbi. Vedere quel beauty, immaginarlo con un'altra, sapere di poterlo perdere mi hanno messo davanti all'evidenza. Lo so che non avrei dovuto, ma come si fa a non innamorarsi di un uomo quando ti vedi così bella nei suoi occhi? Non potrei rinunciare a lui né smettere di vederlo, se voglio salvarmi devo sforzarmi di fare un passo indietro. Avrei dovuto capire subito queste cose, pensarci dall'inizio, ma ero troppo distratta dal piacere e dall'euforia. Devo correre ai ripari. Trovare una soluzione. Non posso parlarne nemmeno con Carla, mi direbbe che ho sbagliato e che mi sono fatta delle strane fantasie. Non ho voglia di sentirmi dire che mi aveva avvisata.

Non mi sono mai sentita così sola e sono troppo spaventata per arrabbiarmi con me stessa. Non ho paura di un'altra donna, ma di quello che provo per lui. In ogni caso con loro non deve fare i nostri giochi.

6 luglio

Devo smettere di farmi trascinare da questa storia, devo stare più attenta. Spero che non sia come all'inizio, quando più lo allontanavo, più il pensiero di lui mi entrava nella testa. Ho sempre fallito nel mantenere le distanze da lui, anche i primi giorni in cui cercavo di razionalizzare il nostro incontro.

Perché mi sono fatta trasportare così e non ho avuto la forza di dire di no? Perché di forze non ne avevo più. Ero stanca di mentire a me stessa. Stanca di seguire sempre la cosa giusta da fare. Per la prima volta nella vita ho accettato di fare un salto nel buio, di fare qualcosa di pericoloso. Ho avuto il coraggio di tradire le aspettative. Ho dimenticato per un istante l'idea che avevo di me, radicata nel profondo. Ho dischiuso me stessa sotto il calore delle sue mani e delle sue attenzioni. Sono entrata da quella porta perché ho desiderato essere una donna diversa, una donna diversa da me. Ora devo fare un piccolo passo indietro, anche se non sarà facile, perché sto bene con lui. Non devo cercarlo, devo resistere, per vedere quanto tempo passa prima che mi cerchi lui e capire quanto sono presente nella sua vita.

Ha ragione Paolo, a volte sono proprio una ragazzina.

In quei giorni avevo completamente perso il senso delle cose. Cercavo di attuare strategie pensando potessero aiutarmi a uscire dalle mie paure. Una di quelle mattine lui mi ha mandato un messaggio chiedendomi se ci potevamo vedere il giorno seguente.

Non ho risposto subito, volevo farlo penare. Ho fatto passare un paio d'ore, poi gli ho scritto: "No, domani non posso".

"Questa sera? Cena? Dopo cena?"

"È troppo tardi, non saprei cosa inventare."

"Ok." Ero già pentita.

Dopo un'ora un altro suo messaggio: "Dopodomani mattina prima di andare in ufficio?".

Ho avuto la tentazione di accettare, ma vederlo così insistente mi ha fatto capire che la mia tattica funzionava. Dovevo trovare la forza di continuare a dire di no. Non era quello che volevo, ma un po' di strategia non avrebbe fatto male.

"Mi spiace ma in questi giorni è impossibile, non sai quanto vorrei."

Stavo per inviare questo messaggio quando ho deciso di cancellare l'ultima parte. Volevo fare il gioco duro.

"Mi spiace, ma in questi giorni è veramente impossibile."

"Va bene, scusa se ho insistito, ma è solo perché parto e starò via un po'. Bacio."

Nel leggere quelle parole mi sono sentita male. "Come parte? Come sta via per un po'? Non lo vedo da quattro giorni e sto già impazzendo. E adesso che faccio? Complimenti per le mie strategie..."

Gli ho scritto subito: "Parti?".

"Sì, vado da mio fratello per un paio di settimane. Prima di partire ti avrei baciata volentieri. Ovunque."

"Perché non me lo hai detto subito?"

"Cosa cambia? Se non puoi non puoi... O non vuoi?"

"Perché me lo chiedi?"

"Ti sento distante."

Odiavo essere un libro aperto per lui, odiavo la sensazione che capisse tutti i miei stati d'animo, i pensieri, i turbamenti. A volte addirittura anticipava le mie richieste, come se sapesse meglio di me ciò di cui avevo bisogno.

"Perché distante?"

"Nel caso fosse cambiato qualcosa, mi piacerebbe sapere se è ciò che senti o se è il risultato di qualche tua riflessione. Se è cambiato qualcosa, credo sia giusto che tu me lo dica."

Non sono riuscita a dirgli la verità, mi sono nascosta invece dietro la stessa identica scusa che ho usato per anni con Paolo.

"Non è cambiato nulla, sono in chiusura di progetto e ci sono le consegne. Sai come vanno queste cose."

"Peccato comunque."

Non potevo tornare indietro, ma l'idea di non vederlo per due settimane mi stava uccidendo. Quella sera, dopo aver cenato con Paolo, sono andata in bagno e gli ho mandato un messaggio.

"Mi sono liberata, domani sera posso. Scegli tu quando."

Non rispondeva mai quand'era tardi, aspettava il mattino dopo, verso le otto e mezzo, quando sapeva che ero sicuramente sola. Quella sera sono andata a letto arrabbiata con me stessa.

10 luglio

"Non potendoti vedere, ho anticipato la partenza. Mi spiace, se potessi tornerei indietro."

Questo è il messaggio che mi è arrivato stamattina mentre andavo al lavoro. Avrei girato la macchina e sarei andata in Toscana da lui, tanto lo desidero.

Oggi è stata una giornata dura, dopo il messaggio è stato tutto difficile. Però ho pensato che la sua assenza è una buona occasione: posso approfittare di questi giorni per allontanarmi da lui. Vorrei tornare a essere com'ero all'inizio, quando riuscivo a prendermi tutto il bello dei nostri incontri senza chiedere nulla di più. Mi piaceva uscire da quella porta e tornare a casa. Le prime volte, quando me ne andavo dal suo appartamento, avevo la sensazione di essere più giovane e più in contatto con me stessa. Me ne stavo sola con la parte di me che era riemersa e che nemmeno lui poteva vedere. In quel momento respiravo, guidavo, cantavo e l'aria fresca entrava dal finestrino solo per me.

Quelle prime volte, tutto ciò che vivevo era piacere e gioia immediata. Non avevo prospettive su un futuro immaginato o progettato, mi importava solo il presente, non mi preoccupava il dopo. Il mio vecchio futuro non esisteva più, e con lui non ne avevo ancora immaginato nessuno: quando ne sentivo la nostalgia, prendevo in prestito il suo. Non avendo più progetti, sogni, desideri, passeggiavo nei suoi.

Perché mi sono fatta coinvolgere così? Avrà capito quanto è diventato importante per me? Se dovesse finire questa storia, ne soffrirei... mi piacerebbe sapere se ne soffrirebbe anche lui.

13 luglio

Anche oggi nessun messaggio, nessuna telefonata. Non ce la faccio più, mi sento prigioniera e la responsabilità è solo mia. Ho paura che abbia capito che sto cercando di allontanarmi da lui. Preferirei che se ne infischiasse di quello che voglio. L'idea che non mi cerchi mi fa pensare che non sono così importante per lui. Nessuna battaglia da parte sua, nessuna telefonata per convincermi che sto sbagliando: sembra quasi che non vedermi sia proprio quello che vuole. Non capisco se non prova nulla o se è padrone dei suoi sentimenti.

Oggi in ufficio è stata dura. Sembrava lo facessero apposta: parlando di progetti futuri, è uscito il suo nome per ben tre volte. Mi sentivo perseguitata, ho avuto paura che qualcuno si accorgesse del mio imbarazzo, ogni volta che sentivo quel nome provavo un tuffo al cuore. Ogni volta che pronunciavano il suo nome, Federica mi guardava. È evidente che ha capito, mi chiedo solo come abbia fatto. Forse potrei parlarne con lei.

17 luglio

Non sono più tanto sicura di voler fare un passo indietro. Mi sto convincendo che dovrei smettere di aver paura ed elaborare strategie. Dovrei semplicemente vivere questa storia e non cercare sempre di capire. Ho voglia di vederlo, abita costantemente il mio corpo e la mia mente, sento i suoi baci sulle mie labbra. Sento il suo odore. Nessuna distanza lo allontana mai realmente da me, la sera mi addormento sempre con lui in testa. È più di una settimana che non lo vedo.

Dimentico tutto per pensare solo a lui, mentre passeggio, mentre mangio, mentre lavoro, mentre mi infilo le scarpe, mentre pago alla cassa del supermercato e sbaglio il codice del bancomat.

Forse non sono in grado di gestire e accettare tanta bellezza. La bellezza è stata lontana dalla mia vita per così tanti anni, che adesso non sono in grado di viverla, non sono in grado di goderla... Dovrei essere più coraggiosa. Anche se è pericoloso, non riesco a rinunciarvi, è più forte di me. È impossibile rinunciare alla felicità, si può solo se non la si è mai conosciuta. Adesso vorrei ballare davanti ai suoi occhi, per me e per lui. Se ci sarà da pagare il conto, sono pronta a pagarlo. Nessuno mi ha costretta a nulla, la responsabilità è solo mia.

A un certo punto non ce l'ho più fatta e l'ho chiamato.

«Ciao, come va?»

«Bene, felice di risentirti.»

"Se volevi sentirmi perché non mi hai cercata?" gli avrei voluto dire. «Sei sparito.»

«Mi hai detto che eri impegnata, aspettavo che mi chiamassi tu. E adesso che l'hai fatto sono contento. Ho voglia di vederti.»

«Anch'io, quando torni?»

«Tra una settimana, i lavori qui sembrano infiniti.»

«Sei stanco?»

«Sono cotto. Stasera sono anche invitato all'addio al celibato di un amico che abita qui. Mi darà la mazzata finale. Non ho più l'età per certe cose.»

«Addio al celibato con spogliarello?»

«No, credo sia solo una normale cena.»

«Magari a fine serata qualcuna si spoglia comunque.»

«Magari.» Ho sentito che rideva, poi ha aggiunto: «Non vedo l'ora di tornare».

Ero felice di sentirlo di nuovo vicino. Tutta la pesantezza degli ultimi giorni se n'era andata. Mi sono sentita subito leggera, felice e stupida per tutto quello che avevo pensato.

«Mi piacerebbe passare una giornata con te come quella domenica. Ho voglia di coccole, voglia di stare tra le tue braccia, anche senza fare l'amore.»

«Perché senza fare l'amore?»

«No, intendevo dire che non dobbiamo per forza fare l'amore.»

Non sapevo perché me n'ero uscita con una frase così stupida, ma era quello che sentivo in quei giorni.

«Quando ci vediamo la prossima volta, decideremo se fare l'amore o no, anche se io credo di sapere già che cosa vorrò» mi ha detto in un tono ironico. Abbiamo riso insieme.

A metà giornata mi è venuta voglia di fare una passeggiata e sono andata in centro a guardare le vetrine. Lo cercavo tra la gente, mi sembrava di vederlo, sentivo le sue mani sfiorarmi tra la folla. Sono entrata in un negozio per comprare qualcosa pensando a lui. Ero felice di passeggiare tenendo tra le mani quel sacchetto elegante con i manici di stoffa. Sono superficiale, lo so, ma ho scoperto che mi piace essere anche questo. Arrivata a casa mi sono fatta un bagno; quella sera Paolo rientrava tardi, così ho preparato la cena con calma.

Mentre cucinavo gli ho mandato un messaggio: "Divertiti questa sera, ma non troppo. Mi manchi. Bacio". Continuavo poi a controllare il telefono, non rispondeva, gli ho mandato un altro messaggio: "Che fine hai fatto? Sono a casa sola ancora per un'ora. Chiama se vuoi".

L'ora era passata, Paolo era rientrato e lui non aveva risposto. Durante la cena pensavo al suo addio al celibato e lo immaginavo scambiarsi sguardi e sorrisi con altre donne, come aveva fatto con me a Londra. Mi saliva il sangue alla testa, Paolo mi parlava, ma io non lo sentivo, ero altrove.

«Comunque 'sto lavoro ti sta uccidendo» mi ha detto a un certo punto.

«Cosa vuoi dire?»

«Niente, solo che ultimamente sei sempre distratta, stanca, parli poco. Era meglio quando lavoravi meno... guadagnavi di meno, però eri più presente.»

«Forse hai ragione.»

«Certo che ho ragione.»

Sono andata in bagno, passando dalla sala ho ripreso il telefono e ho visto subito che non c'erano messaggi. In bagno ho cercato di capire perché non mi rispondeva: visto l'orario, non si azzardava a mandarmi messaggi. Gli ho scritto: "Ho messo la vibrazione, se ti va scrivimi pure. Mi manchi". Dopo un'ora non aveva ancora risposto. Eppure, pensavo, prima di sedersi a cena, prima di lasciare il telefono nella giacca avrà dato un'occhiata al cellulare. Dopo aver aspettato un po' ho fatto uno squillo per vedere se il suo telefono era spento... magari nel ristorante non prendeva. Il cellulare ha squillato. Mi è montata nuovamente un'ansia incontrollabile.

«È un'ora che metti a posto in cucina... ma ti sembra il momento di tirare lo straccio? Non puoi aspettare che lo faccia domani la donna?» mi ha apostrofato Paolo.

«Voglio farlo io e voglio farlo adesso» l'ho aggredito. «Tu continua pure a guardare la televisione come al solito e non preoccuparti per me.»

«Fai come vuoi.»

Quando ho finito di sistemare tutto, sono andata in camera a scrivere. Continuavo a tenere d'occhio il telefono, era quasi mezzanotte. Prima o poi sarebbe uscito da quel ristorante, avrebbe controllato il telefono. Doveva scrivermi qualcosa.

18 luglio, ore 3 del mattino

Si è stancato di me? Di noi? Del nostro gioco?

Non ho chiuso occhio, non mi sono calmata. Prima mi sono alzata dal letto e sono andata in bagno con il telefono. Nessuna risposta.

L'ho tempestato di messaggi.

01:48

"Sono ancora sveglia. Ci sei?"

Ancora niente.

Mentre Paolo dorme e solo una porta chiusa ci separa, mi faccio un paio di foto erotiche, quelle che piacciono a lui. E le invio.

02:03

"Non ti va più di giocare con me?"

Continuo a non ricevere risposta, richiamo. Il telefono suona e lo faccio squillare a lungo. Ho paura che Paolo possa sentirmi, ma non corro il rischio perché lui non risponde.

02:20

"Rispondimi a qualsiasi ora. Mi sto preoccupando."

02:51

"Dimmi che stai bene, anche solo un ok. Non riesco a dormire altrimenti."

03:03

"Ho fatto qualcosa? Perché non rispondi?"

Quella notte l'ansia e l'agitazione mi annebbiavano completamente la mente, avevo perso il controllo. Mi ero addormentata verso le cinque e mi ero svegliata alle otto. Avevo guardato subito il telefono: niente, nessun segno di vita.

Avevo pensato a tutte le possibilità: "Ieri sera già dormiva, ma se fosse così a quest'ora sarebbe già sveglio e mi avrebbe già risposto"; "ieri sera ha fatto molto tardi, era ubriaco, si è addormentato vestito e non ha controllato il cellulare"; "è andato a casa con una che ha conosciuto alla festa"; "ha perso il telefono"; "glielo hanno rubato al ristorante"...

Verso mezzogiorno sono uscita a fare una passeggiata e l'ho richiamato. Questa volta dopo qualche squillo inaspettatamente ha risposto, tanto che mi ha colto impreparata.

«Pronto?»

Ho cercato di stare calma e di non far trasparire la mia agitazione, e la mia rabbia per il suo silenzio.

«Ciao... come va?»

«Bene.»

«I lavori?»

«Proseguono.»

«E la festa com'è andata?»

«Bene.»

«Vi siete divertiti?»

«Sì.»

«Avete bevuto molto?»

«Un po'... io non molto.»

«Sei stanco? Avete fatto tardi?»

«Sì, sono stanco, ma non ho fatto molto tardi. A un certo punto sono tornato a casa.»

Quella conversazione stava diventando difficile per me. Sembrava un'intervista a senso unico.

«Ti sento strano... sei sicuro di stare bene?»

«Sì, sto bene.»

«Sei arrabbiato?»

«No.»

«Allora che c'è?»

«Niente.»

«Non è vero che non c'è niente, sei freddo, distaccato, non parli, rispondi a monosillabi...»

«Non sono arrabbiato, è solo che non mi va di ricevere mille chiamate e mille messaggi. Se non rispondo, significa che in quel momento non posso. Quando prendo in mano il telefono e trovo un messaggio o una chiamata, richiamo. Non serve inviarne mille.»

«Scusa, mi ero preoccupata. Sei sparito, ho pensato che magari fosse successo qualcosa.»

«Preoccupata di cosa? Te l'avevo detto che avevo un sacco di cose da fare e che sarei andato a una festa.»

«Bastava che mi scrivessi che era tutto ok e che ci saremmo sentiti un'altra volta. Non ci voleva molto, bastava poco invece di sparire così.»

«Non sono sparito, è solo che non sono abituato a essere marcato stretto.»

«Mi spiace se ti sei sentito così, non era quello che volevo.»

Silenzio dall'altra parte.

«Senti, mi spiace veramente, non era mia intenzione essere invadente o marcarti stretto, come hai detto tu. Avevo solo voglia di sentirti.»

«Elena, è cambiato qualcosa tra noi?»

Questa volta sono stata io a fare una pausa silenziosa. Non potevo dirgli la verità al telefono, dirgli che mi ero accorta di essere andata oltre. E allora ho mentito, di nuovo: «No, non è cambiato nulla. Volevo solo sentirti e sapere come stavi, poi ho iniziato a preoccuparmi. Forse ho esagerato perché ho voglia di vederti e mi è dispiaciuto non poterti salutare quando sei partito».

«Ho capito, cambiamo discorso.»

«Hai voglia di vedermi o te l'ho fatta passare?»

«Ho voglia di vederti, ma ora non posso. Quando torno ci vediamo.»

«Appena mi dici di venire vengo, a costo di licenziarmi.»

Ho capito al telefono che l'avevo fatto sorridere.

«Va bene, adesso però devo andare, ci sentiamo dopo, ciao.»

«Ciao, a dopo.»

18 luglio, ore 14

Continuo a ripetermi le sue parole e cerco di ricordare il tono, la lunghezza delle pause e misurare ogni sfumatura. Ogni volta che le ripasso assumono significati diversi.

Devo stare attenta o rischio di rovinare tutto. Non sono più in grado di gestire questo rapporto, mi sembra che ogni cosa che faccio e dico sia sbagliata, e più cerco di recuperare, più peggioro la situazione. Non sono più sicura di nulla. Anche adesso vorrei chiedergli scusa, dirgli che mi dispiace di essermi comportata così. Vorrei dirgli che gli ho mentito più di una volta in pochi giorni, mentre prima non lo avevo mai fatto. Sicuramente i messaggi non aiutano a comunicare perché possono essere letti con interpretazioni diverse, a volte nemmeno parlarsi al telefono è sufficiente, non si vedono le espressioni. Se lo avessi qui, di fronte a me, non dovrei nemmeno spiegarmi: capirebbe in un secondo come ha sempre fatto.

E se non fossi la sola a mentire? Magari è con un'altra donna, magari con quella con cui abbiamo fatto l'amore insieme. Magari è lei la sua donna ed ero io il regalo per lei. Magari ogni weekend se ne va con lei in Toscana. Potrebbe vivere in un'altra città e si vedono solo nei fine settimana, quando io sono costretta a stare a casa con Paolo. Magari il beauty appartiene a lei. Eppure quella domenica in cui siamo stati insieme tutto il giorno non ha ricevuto telefonate strane. Me ne sarei accorta. Veramente non ha mai ricevuto una sola telefonata, questo è più strano ancora.

Ho la testa bombardata di pensieri, per la maggior parte senza senso.

Mi manca. Cerco di immaginare il nostro prossimo in-

contro: entrerò da quella porta, ci abbracceremo, faremo l'amore e tutto tornerà come prima. Non avremo bisogno nemmeno di parlare.

Sono passate due ore dalla telefonata di prima. Pensavo mi chiamasse, magari non lo farà. Devo stare calma e non farmi prendere dalle paure. Vado a fare una passeggiata.

18 luglio, ore 17

Sono passate cinque ore. Durante la passeggiata ho tenuto il cellulare in mano tutto il tempo, per paura di non sentire lo squillo. Non ha chiamato.

Forse alla fine della telefonata è stato gentile solo per calmarmi ed evitare che potessi infastidirlo ancora. A questo punto non so più che cosa pensare. Ieri sera ho esagerato con i messaggi, ma mi sono scusata per questo.

Allora perché non chiama?

Anche dopo queste riflessioni non ho resistito e gli ho mandato un messaggio fintamente disinteressato: "Come va? Proseguono bene i lavori? Bacio". Poi ho ricominciato a contare i secondi, i minuti, le eternità. Ormai non potevo più fare nulla, ero in scacco matto. Non potevo più chiamare né mandare un altro messaggio, potevo solo aspettare.

Dopo dieci minuti mi ha risposto: "Sì, tutto bene, grazie".

Continuava a essere telegrafico come durante l'ultima telefonata e questo aumentava la mia ansia. Gli ho scritto: "Quando ci sentiamo devo dirti una cosa". A questo non ha risposto. Ho passato due ore difficilissime, giravo per casa come una matta, un animale in gabbia. Non potevo uscire ancora a passeggiare. Ho provato a fare un bagno, ma dopo cinque minuti sono uscita dalla vasca: non riuscivo a rilassarmi e immersa nell'acqua mi sentivo ancora più soffocare. Finalmente prima di cena mi ha mandato un messaggio: "Puoi parlare?".

"Dammi dieci minuti."

Con la scusa di aver dimenticato di comprare delle cose al supermercato, sono uscita di nuovo. L'ho chiamato io.

«Ciao.»

«Ciao. Scusa se non ti ho risposto subito, è che sono sempre agitato quando ti scrivo fuori dagli orari di lavoro e nei weekend.»

«Tranquillo, non è pericoloso. Se lo fosse ti avviserei. Come va?»

«Bene, forse siamo riusciti a risolvere un problema con il tetto. Prima ha piovuto, ma per fortuna ha smesso subito. Tu che hai fatto?»

«Niente di interessante, la spesa e altri acquisti per la casa, poi mi sono fatta un bel bagno rilassante.»

«Cosa dovevi dirmi?»

«In che senso?»

«Prima mi hai scritto: "Quando ci sentiamo devo dirti una cosa".»

«Niente, non è importante. Volevo scusarmi per ieri sera.»

«Non parliamone più, ci siamo già chiariti. Pensiamo solo a quando ci vedremo.»

«Quando?»

«Non lo so, appena posso andarmene da qui.»

In quel momento, senza nemmeno pensare a quello che stavo per dire, me ne sono uscita così: «Se tu non puoi tornare, vengo io da te».

«In che senso?»

«Come in che senso? Domani mattina prendo la macchina e vengo da te.»

«Ma come fai?»

«Tu non ti preoccupare, ci penso io a organizzarmi.»

Dall'altra parte silenzio.

«No, lascia stare. Qui è un disastro e non avrei nemmeno il tempo di stare con te.»

«Ma non è un problema, sono indipendente. Tu fai le tue cose, la sera quando hai finito ci vediamo. Mi posso prendere il lunedì.»

Altro silenzio.

«Sei svenuto?»

«No, stavo pensando a quello che mi hai appena

detto. Sarebbe bello, ma credo sia meglio di no, non è la situazione migliore.»

«Ah...»

«È un po' complicato qui, sono con mio fratello.»

«Ti imbarazza che ti veda con una donna? O ne hai già una e sono arrivata tardi?»

Un altro breve silenzio.

«Sì, c'è una donna: la divido con mio fratello e questa sera tocca a lui dormirci insieme... In teoria quindi sarei anche libero.»

Ho riso. «Allora vengo.»

«A parte gli scherzi, avrei voglia di vederti, ma qui abbiamo un sacco di lavoro e avrei pochissimo tempo da dedicarti. Non ha senso farti fare tutti questi chilometri. Comunque torno tra pochi giorni, credo già giovedì.»

«Come vuoi, ma se è per me non farti problemi.»

«Meglio vederci giovedì.»

«Va bene...»

«Ciao, Elena, ci sentiamo domani, mi sta chiamando mio fratello...»

«Ciao.»

In quei giorni sbagliavo tutto. Dopo quella telefonata giravo per casa un po' agitata. Avrei avuto bisogno di starmene da sola per rilassarmi.

«Che hai, sei nervosa?» mi ha chiesto Paolo.

«Cose di lavoro, lasciami in pace.»

«Meglio che non ti dica che settimana ho avuto io. Senti, cosa portiamo domani a pranzo da mia madre? Passo a prendere la solita torta gelato o i pasticcini? Io avrei voglia di bignè.»

«Prendi quello che vuoi, perché tanto io domani non ci vengo.»

«Come non vieni? Lo sai che poi mia madre ci rimane male e comincia a chiedermi se sei arrabbiata con lei.»

«Pazienza, lascia che ci resti male.»

«Dài, ci stiamo poco, mangiamo una cosa veloce e poi torniamo a casa, lo sai che lei ci tiene.»

«Senti, Paolo, mi spiace se tua madre si offende, anche se non credo che ci tenga molto a vedermi, comunque io non vengo. Punto. Non ho voglia di litigare.»

«Fai come ti pare, con te è inutile discutere. Mi spiace ammetterlo, ma ha ragione lei quando dice che hai un carattere impossibile.»

In quell'istante ho sentito come se un serbatoio di benzina mi esplodesse dentro lo stomaco infiammandomi il volto e tutto il corpo. Ho perso il controllo. «Paolo, guardami in faccia e ascoltami bene: a me di quello che dice o pensa tua madre non me ne frega niente. Non la sopporto, non l'ho mai sopportata. Non sono mai stata felice di andare a pranzo da lei, nemmeno una volta. È sempre stata una condanna per me. Lei e tutte le sue frasi del cazzo: "Ma dai da mangiare a mio figlio? Sembra così sciupato. Tieni, amore, mangia". "Ma quanti strati di pasta metti quando fai le lasagne? Non comprerai mica la besciamella già pronta?" "Ma perché prendete le marmellate confezionate e non le fai tu? Non è difficile, anche tu puoi farcela. Te ne ho preparate due, una di fichi e una di pesche." Sono più le volte che le ho buttate perché fanno schifo. Sì, Paolo, la marmellata di fichi di tua madre fa schifo, mi spiace ferirti, ma è immangiabile, ha il sapore di gomma bruciata. Se domani vengo da tua madre, giuro che è la volta che le dico tutto. Tutto! Come ti tiene in scacco con i sensi di colpa, o riempiendoti lo stomaco di qualsiasi cibo si ritrovi tra le mani. E tu, alla tua età, non sei ancora riuscito a dirle basta. Non sei ancora riuscito a farti trattare da uomo e non da bambino incapace di comprarsi anche solo un paio di mutande. Paolo, tua madre ti compra ancora le mutandeeeee! E tu non ti ribelli mai a nulla, nemmeno a questa situazione tra noi. Ma come fai a far finta che vada tutto bene? A fingere pur di non affrontare le cose? Non sopporto più né tua madre né il nostro matrimonio!»

Paolo mi ha guardata con un'espressione allibita. Le mie parole sono state come una doccia fredda e inaspettata, anche per me. Erano uscite dalla bocca senza che nemmeno avessi avuto il tempo di pensarle.

«Elena, ma sei impazzita? Non ti riconosco più, che ti succede? Ti ho chiesto solo di andare a pranzo da mia madre...»

«Succede che tu non vuoi capire che tra noi è finita, non vuoi vedere come stanno le cose, fai finta che ci amiamo ancora. Non ti accorgi che non voglio più le tue attenzioni e nemmeno le cerco? Che se ti avvicini mi scanso? Che se cerchi di darmi un bacio mi volto dall'altra parte? Ma che uomo sei che davanti a una donna che si comporta così fai finta di niente? Paolo, io non ti amo più, non ti amo più da mesi, e cerco di dirtelo in tutti i modi. Non dirmi come sempre che è normale, che è una crisi, o come l'ultima volta quando mi hai detto che in una coppia è "fisiologico".»

Ormai non riuscivo a trattenere la rabbia e le parole. Lui ha tentato di difendersi come poteva.

«Senti, è colpa tua se siamo arrivati a questo punto, sei tu che complichi sempre le cose, che perdi il controllo come adesso, che ti lamenti, che crei problemi. Non è certamente colpa mia.»

Le sue parole hanno buttato altra benzina sul fuoco. «Vaffanculo, Paolo. Vaffanculo. Ho messo tutta la mia vita in questo matrimonio, ci ho creduto più di te, ho dato tutto quello che avevo e che potevo. Ho fatto passi indietro quando era giusto farne, cercando di non chiedere quello che volevo e che tu non mi davi. Ho fatto poi dei passi avanti per farti sentire che c'ero ancora. Ho anteposto i tuoi bisogni ai miei, ho vissuto i tuoi tempi, i tuoi modi, i tuoi spazi e le tue volontà, pensando che poi sarebbe toccato a me, che sarebbe arrivato il mio turno. Mi sono ripetuta che non dovevo aspettarmi nulla e imparare a essere più autonoma. Ma mi sono sbagliata. Dio solo sa quanto è grande il mio errore, perché il mio turno non è mai arrivato. Tu non hai mosso un solo passo per salvare questo matrimonio, lo hai lasciato andare via così, facendo finta che tutto andava bene. E adesso mi dici che è colpa mia? Vaffanculo, Paolo. Veramente.»

«Vaffanculo tu, Elena. Non ti va mai bene niente, non ti ho mai mancato di rispetto né fatto del male. Sei una stronza viziata e dopo tutti questi anni insieme sei tu che stai rovinando tutto.»

«Paolo, me ne sono già andata da mesi e tu non te ne sei nemmeno accorto.»

«Sono io che me ne vado, non ho voglia di restare qui a sentire le tue cazzate. Se non vuoi venire da mia madre domani, non ci venire. Io vado a farmi un giro.»

È andato via sbattendo la porta. Quando è tornato era sera tardi e io ero già a letto nella solita recita della bella addormentata. Non ho chiuso occhio tutta notte, alle sette mi sono alzata e sono uscita. Dopo una lunga passeggiata e una colazione al bar ho chiamato Carla. Avevo bisogno di confidarmi con un'amica vera. Ma lei mi ha bloccata subito: «Se vai da lui adesso, fai una cazzata. Fidati».

«Non lo so, era strano al telefono e sento che devo andare.»

«Ma hai appena detto che ti ha chiesto di non farlo.»

«Ha detto che ha voglia di vedermi, gli manco e che non vuole che vada fin là perché è impegnato e non ha tempo.»

«Ti ha detto che vi vedete giovedì.»

«È vero, mi ha detto di non andare da lui perché non voleva farmi fare tutti quei chilometri. Se vado, possiamo cenare in un ristorante e poi dormire insieme. Non ho mai mangiato fuori con lui.»

«Chi ti dice che lui abbia voglia di andare al ristorante o dormire tutta notte con te? Sono desideri tuoi.»

«Perché non dovrebbe averne voglia?»

«Perché magari a lui va bene così come state adesso.»

«Sembra che ti dia fastidio che io possa essere felice con lui.»

«Non mi dà fastidio, ti sto solo dicendo che magari sono viaggi tuoi e cerco di ricordarti quello che ti ha detto. Il punto è che ti stai catapultando in questa storia andando oltre il rapporto così com'è iniziato.»

«Sì, però le storie si evolvono, i rapporti crescono.»

«È questo il punto: non è quello di cui hai bisogno adesso. Devi sistemare le cose con Paolo prima di buttarti in una storia nuova.»

«Con Paolo sistemerò tutto presto.»

«Elena, non è di un altro uomo che hai bisogno, credimi.»

«Ho paura di perderlo, Carla, ho paura che se non vado da lui e gli faccio capire che ci sono, che ci tengo, è finita.»

«Aspetta, non avere fretta.»

«Allora non capisci o non vuoi capire: lui ha mille donne che gli ronzano attorno, ho visto come lo guardano le altre. Non posso fermarmi. Finisce che se aspetto lo perdo.»

«Se lo perdi perché sceglie un'altra, lo avresti perso comunque. Non andare. Se vai, lo perdi. Non ti vuole lì, te lo ha detto chiaro e tondo.»

«Carla, se aspetto, rischio di fare la fine che hai fatto tu con Alberto. Mi stai consigliando di fare il tuo stesso errore? Tu hai aspettato e hai perso il tuo uomo.»

«Cosa c'entra adesso la mia storia con Alberto? È completamente diversa.»

«Sì, ma tu l'hai perso perché non sei intervenuta. Quando hai scoperto che si mandava le mail con quella stronza con cui adesso convive, non gli hai detto nulla. Hai preferito vedere fino a che punto sarebbe arrivato e alla fine lo hai perso.»

«Quando l'ho scoperto, lo avevo già perso. Era già anni luce lontano da noi. Non potevo farci nulla.»

«Forse però hai sbagliato anche tu.»

«Non voglio parlare di me e di Alberto adesso.»

«Perché non capisci? Mi hai sempre sostenuta in questa cosa, sei stata tu all'inizio a dirmi di buttarmi, a dirmi di cogliere l'occasione. Mi sono buttata e ora mi dici di tirarmi indietro?»

«Certo che ti ho sostenuta, ma le premesse erano diverse, non erano queste.»

«Ma che ci posso fare se adesso provo questi sentimenti?»

«Aspetta, non avere fretta.»

«Carla, credo di essermi innamorata.»

«Questa è proprio una cazzata.»

«Cosa ne sai tu di quello che provo?»

«Cosa vuoi da quest'uomo, Elena? Lo sai? Vuoi una storia? Vuoi lasciare Paolo e metterti con lui? Sposarti e avere dei figli? Ne avete parlato di questo? Magari non è amore.»

«Secondo me sì.»

«Vieni da un matrimonio in cui non facevi più l'amore da mesi, stavi con un uomo che non ti vedeva più, che non si accorgeva di te, un uomo per il quale praticamente non esistevi. È ovvio che pensi di amare il primo che ti dà un po' di attenzioni.»

«La cosa è più complessa.»

«Ho capito che con lui finalmente fai l'amore come si deve, che ti senti desiderata, ascoltata, vista, compresa, ma fermati qui per adesso, non cercare altro. Non fare questo errore. Chiediti cosa vuoi realmente, di cosa hai bisogno, chi sei a questo punto della tua vita. Non nasconderti di nuovo dentro una storia, prova a immaginarti per una volta nel mondo, non in funzione di un uomo, ma sola con te, con le tue necessità.»

«So benissimo chi sono e cosa voglio, non sono mai stata così sicura in tutta la mia vita. Non capisco perché ti ostini a fare questi discorsi senza senso.»

«Mi hai telefonato per sapere il mio parere o per sentirti dire quello che vuoi? Ti sto dicendo quello che penso e quello che credo sia giusto dirti, ma sei grande abbastanza e sai giudicare meglio di me la vostra storia. Quello che so è che ora non hai bisogno di un altro uomo. Credo che lui sia veramente una cosa bella nella tua vita: ti ha aiutato a vedere molte cose di te, ti ha messo in contatto con una parte profonda di te. E questa è una cosa rara, meravigliosa. Approfittane. Non buttare via questo regalo per la paura di perderlo. Non usare questa possibilità per legarti a lui. Usala per liberarti. Non sai nemmeno se lui vuole le stesse cose che vuoi tu. Non avere fretta.»

«Tu vuoi che stia male come te, che mi ritrovi sola come te, così possiamo stare a piangere insieme la sera sul divano.»

«Elena...»

«No, Carla, sei assurda. Sono stata stupida a chiederti un consiglio su una cosa del genere. Non voglio ritrovarmi un giorno come te. Ti sei lasciata andare, e te ne stai lì in campagna con il gatto a piangerti addosso. Mi spiace, ma su questo siamo diverse. Io non voglio farmi pena tra qualche anno perché non ho saputo tenermi l'uomo che voglio.»

«Elena, non ho più nulla da dirti. Ciao.»

19 luglio

Paolo e Carla non capiscono. Solo lui ci riesce.

Mi si è chiuso lo stomaco, nemmeno scrivere mi fa stare meglio. In preda all'agitazione, ho preparato una borsa e ho scritto un biglietto per Paolo: "Ho deciso di partire. Non riesco più a vivere in questa situazione. Sei l'ultima persona che vorrei far soffrire, ma ho bisogno di allontanarmi per capire quello che sta succedendo. Vado da Carla qualche giorno".

Ho preso l'autostrada e ho fatto tutto il viaggio in terza corsia. Arrivata nella piazza del paese, non sapevo nemmeno dove andare. L'ho chiamato, ma non mi ha risposto. Sono entrata nel bar e ho preso un caffè. Gli ho scritto: "Sono qui".

Dopo meno di cinque minuti mi ha chiamata: «Qui dove?».

«Qui, al bar Roma, sto bevendo un caffè.»

Silenzio.

«Non te l'aspettavi?»

«No. Vengo a prenderti, dammi cinque minuti.»

Sono andata un attimo in bagno, mi sono sistemata e sono tornata in macchina ad aspettarlo. Non sapevo nemmeno che auto avesse, sentivo l'ansia salire. Forse avevo fatto veramente una cazzata ad andare da lui, forse aveva ragione Carla.

Un'auto si è accostata e ha dato un colpo di clacson. Stavo per scendere, ma lui mi ha fatto segno di seguirlo ed è ripartito. Mi ero immaginata un saluto diverso, pensavo di abbracciarlo e baciarlo, il nostro primo bacio all'aperto. L'ho seguito in mezzo alla campagna. Non ce l'avrei mai fatta a trovare la casa. Dopo un quarto d'ora siamo arrivati, abbiamo attraversato un cancello aperto e abbiamo percorso un vialetto di ghiaia fino alla casa. È sceso dall'auto e mi è venuto incontro.

Sono scesa sorridente. «Sono finiti i lavori? Non vedo nessuno.»

«Mio fratello è andato a Bologna dai figli, e la domenica gli operai non lavorano.»

Eravamo l'uno di fronte all'altra e ci guardavamo in silenzio. Il suo viso aveva un'espressione distaccata che non riconoscevo, io mi guardavo intorno per nascondere il disagio.

«Mi fai vedere come sta venendo la casa?»

Continuava a fissarmi con la stessa espressione, poi ha detto: «Perché sei venuta?».

La domanda mi ha colpita dritto al petto. Ho deciso di essere sincera: «Avevo voglia di vederti».

«Perché non mi hai avvisato prima di partire?»

«Volevo farti una sorpresa.»

Siamo rimasti in silenzio. Avrei voluto sparire, avrei voluto non essere mai andata, desideravo solo salire in macchina e scappare via.

«Senti, se è un problema, posso anche andarmene subito.»

«Non ti sto dicendo di andare.»

«Allora cosa mi stai dicendo?»

«Vorrei capire cosa ti ha spinta a venire.»

«Avevo voglia di vederti, tutto qui. Cosa c'è da capire?»

«Niente, non sono sicuro che sia la verità.»

«In che senso? Quale sarebbe la verità?»

«La verità è che nell'ultimo periodo sei strana.»

«Non capisco di cosa stai parlando.»

«Non riesci più a vedere il contesto.»

«Cosa significa? Quale contesto?»

«Se piombi nella mia vita così all'improvviso senza avvisare, fuori dal contesto in cui ci siamo sempre visti, stai spostando il confine dei nostri incontri.»

«Scusa, quale confine? Di cosa parli? Forse non sono così intelligente come te e non capisco.»

«Quello che sto cercando di dirti è che la tua decisione di venire qui cambia le cose.»
«Cosa cambia? Che ti vedo alla luce del giorno?»
«Rompe delle regole.»
«Scusa, quali sono queste regole? Che posso vederti solo se vengo a casa tua a scopare?»
«Dài, smettila, hai capito benissimo di cosa sto parlando.»
«No, non ho capito.»
«Altre regole significano un altro gioco e io non so se lo voglio.»
«Tu sei completamente matto, ma di che gioco stai parlando? Non ti sto proponendo nessun gioco, avevo solo voglia di vederti e pensavo che anche tu ne avessi.»
«Cerca di capirmi.»
«No, non ti capisco. Continui a parlare di gioco, di regole, confini, contesti... ma per te era tutto solamente un gioco?» Ora ero io a fissarlo negli occhi. Ha distolto lo sguardo e ho capito che stava cercando qualcosa a cui aggrapparsi. «Che cosa ti spaventa?» gli ho chiesto.
«Ho paura che tu voglia trasformare questa relazione in qualcosa di diverso e non so se lo voglio.»
«Quindi se fosse per te andremmo avanti sempre così? Io che vengo da te a scopare e poi torno a casa? È questo che vuoi?»
«Sai benissimo che non si tratta e non si è mai trattato solamente di scopare.»
«E allora di cosa si tratta?»
«Non ho un nome per definirlo. Quello che abbiamo vissuto lo abbiamo vissuto insieme e sai anche tu che cosa era.»

«E allora dimmi: adesso cosa vuoi?»

«Niente di diverso da quello che abbiamo vissuto fino a oggi.»

Ho sentito una pugnalata al petto. «Le cose cambiano, si evolvono, credo sia naturale.»

«Non è solo che non voglio, è che non credo di esserne capace. Sicuramente non adesso.» La sua espressione era diversa. Dopo un silenzio che è sembrato infinito, ha aggiunto: «Quello che vuoi io non sono in grado di dartelo. In quell'appartamento, in quella misura so muovermi, so quello che voglio, so darmi, so prendere. Fuori da quella dimensione mi perdo. Può darsi che un giorno imparerò, ma può anche darsi che non imparerò mai».

Sentivo la rabbia crescere dentro di me. «Quindi ti nascondi dietro queste parole, dici che non sei capace di amare e fine. "Sono fatto così, prendere o lasciare..."»

Lui non ha risposto.

«Dimmi piuttosto che non sono all'altezza, che non sono abbastanza per farti cambiare!»

Mi ha guardata un istante in silenzio, avevo paura della sua risposta.

«Il problema non sei tu. Sono io che so fin dove posso arrivare. Ognuno vive come riesce, in base alle proprie capacità e ai propri limiti.»

«Un conto è dire "non sono capace", un conto è dire "voglio, ma mi ci vuole tempo".»

«Adesso non sono pronto, e forse non lo sarò mai.»

«Se non provi, come fai a saperlo? Te ne resti lì, ancorato all'idea che hai di te, e non ti concedi nessuna possibilità di cambiare, di vivere una situazione diversa.»

«Adesso non sono pronto.»
Il mondo mi è crollato addosso, ma sono rimasta in piedi. Mi sono giocata l'ultima carta. «Allora facciamo finta di non aver mai fatto questo discorso.»
Ho provato ad avvicinarmi per baciarlo, ma lui mi ha bloccata.
«Aspetta, finiamo questo discorso. Non voglio lasciarlo a metà, perché non voglio doverlo fare ancora.»
Siamo rimasti un altro po' in silenzio. Mi ha fissata, io ho distolto lo sguardo e ho osservato la casa.
«Elena, ora che abbiamo parlato di queste cose, sarà difficile tornare a vivere la nostra storia come prima.»
Ho smesso di guardare la casa e l'ho guardato dritto negli occhi, ero spaventata.
«Cosa vuoi dire?»
«Le cose sono cambiate, abbiamo messo le carte in tavola.»
«Vuoi che vada via?»
Non rispondeva, era sempre più distante e l'espressione del suo viso era vuota.
«Non ti ho chiesto io di venire, non chiedermi di mandarti via.»
Ha detto queste parole fissando un punto lontano. Non sono più riuscita a contenere la rabbia. «Sei uno stronzo. E io una cogliona. Ma chi cazzo credi di essere per trattare la gente così?»
«Non ti sto trattando male, ti sto solo dicendo quello che penso.»
«Ma vaffanculo, ma che cazzo sono io per te, un esperimento? Ti facevo pena? La povera donna sposata in crisi matrimoniale: vediamo come reagisce se

me la scopo un po'... Vediamo se si innamora. Cosa volevi scoprire? Cosa volevi dimostrare? Cosa volevi ottenere?»

«Elena, smettila.»

Mi ha abbracciata.

«Non mi toccare, tieni giù le mani.»

«Non gridare, calmati.»

«No, non mi calmo, sei uno stronzo.»

All'improvviso la rabbia si è trasformata in lacrime e ho iniziato a piangere. Mi stringeva, ho cercato di liberarmi dal suo abbraccio, ma poi mi sono arresa. Ho smesso di piangere. Siamo rimasti in silenzio.

«Vieni, entra in casa... Ti do un bicchiere d'acqua.»

Siamo entrati in cucina. Ho bevuto seduta su una sedia, con la faccia rossa e gli occhi gonfi. Lui era in piedi appoggiato al lavandino. Guardavo fuori dalla finestra e pensavo a tante cose: a Paolo, al fatto che non avesse la più pallida idea di dove fossi e cosa stessi vivendo. Pensavo a quello che mi avrebbe detto Carla. Pensavo a mia nonna... forse l'odore di quella cucina era simile a quello che c'era nella sua, o forse il passato era l'unico posto dove potevo rifugiarmi e sentirmi al sicuro in quel momento. Mi è venuto in mente quando da bambina, in cucina con lei, seduta in ginocchio su una sedia, pulivamo i fagiolini e buttavamo le codine dentro una pagina di giornale al centro del tavolo. Poi la mia mente è tornata in quella cucina, e ho capito che non volevo perderlo. Gli ho chiesto scusa.

«Non c'è niente di cui scusarsi» mi ha detto.

Siamo rimasti ancora un po' in silenzio, mentre desideravo annientare ogni distanza tra noi. Volevo essere abbracciata, accarezzata. Volevo un bacio sulle labbra, lento, delicato, lungo. Volevo sentire il suo odore, il calore della sua pelle, volevo essere presa in braccio e portata a letto. Ero esausta. Stavo zitta per lasciargli la possibilità e lo spazio di chiedermi di rimanere. Ma lui continuava a tacere.

«Non possiamo fare finta di niente?»

Non mi ha risposto. L'uomo di cui ero innamorata, l'unico che mi avesse saputo vedere veramente, non era più lì. In quella cucina c'era un'altra persona che non conoscevo e che sembrava non capire nulla di me e di quello di cui avevo bisogno in quel momento. Eppure sarebbe bastato che allungasse una mano, che mi facesse un sorriso e avrei capito immediatamente che c'eravamo ancora. Ma le sue mani rimanevano aggrappate al bordo del lavandino.

«Meglio se vado» ho detto.

Aspettavo una reazione, aspettavo di sentirmi dire: "No, non andare, rimani qui". Non ha detto nulla.

«Sei assurdo, non ti riconosco più. Come fai a essere così distaccato, freddo, indifferente?»

Mi sono alzata, ho posato il bicchiere sul tavolo e me ne sono andata.

Prima di uscire dalla cucina mi sono voltata e gli ho detto: «Se non mi fermi adesso, mi perdi per sempre».

Sono salita in auto già pentita di quella frase. Ho fatto manovra, lo vedevo fermo sulla soglia di casa, appoggiato con una spalla al muro. Ci siamo guardati. Sono rimasta immobile qualche secondo. Ho accelerato, facendo scoppiettare la ghiaia del vialetto sotto le ruote dell'auto, l'ho guardato dallo specchietto retrovisore e ho pregato Dio che mi fermasse. Andavo piano e a un certo punto l'ho visto fare un passo in avanti, ho pensato che avesse deciso di fermarmi, invece si è girato ed è rientrato in casa. Mi ha preso un dolore allo stomaco, sentivo che stavo quasi per vomitare. Ho oltrepassato quel cancello aperto e l'auto mi ha riportata a casa.

29 luglio

Sono passati dieci giorni da quando sono uscita dal quel cancello, da quando lo guardavo nello specchietto retrovisore sperando che mi fermasse. In questi dieci giorni non ci siamo più sentiti. Sono arrivata sotto casa dopo un viaggio di cui non ricordo nulla, ho parcheggiato e sono rimasta in macchina per almeno un paio d'ore. Non riuscivo nemmeno a ricordare nei dettagli cosa fosse accaduto, ero confusa. Quando si è fatto buio, sono salita in casa. Speravo che Paolo non ci fosse, non avevo le forze di affrontare anche lui. Sono entrata e l'ho trovato sul divano che guardava la televisione. Sono andata diretta in bagno, volevo lavarmi la faccia e cercare di riprendermi. Gli ho detto che andavo a dormire perché non stavo bene. Ci siamo guardati un secondo negli occhi: non sembrava arrabbiato, anzi, mi parlava come se la nostra discussione non ci fosse mai stata. Mi sono sdraiata a letto, ero stremata, mi sentivo la febbre. Dopo un quarto d'ora Paolo mi ha portato una tazza di tè, è stato un gesto dolce da parte sua. Ne ho bevuto un sorso e mi sono addormentata.

I giorni successivi sono stati duri, non sono andata al lavoro, avevo la febbre. Paolo credeva che mi fossi ammalata per la nostra discussione. Si è preso cura di me, era molto gentile e premuroso, io invece desideravo restare da sola. La sua presenza disturbava il mio dolore e mi costringeva a nascondere quello che provavo veramente. Per dieci giorni sono stata sotto shock, non parlavo, non sapevo che fare. Sono stata tentata molte volte di mandargli un messaggio, di chiamarlo, di chiedere spiegazioni, chiarimenti. Ero dimagrita, non mangiavo, dormivo poco e male. Tutto mi costava fatica: cammina-

re, parlare e non parlare, portare il cucchiaio della minestra alla bocca sembrava un'impresa. Avevo lo stomaco chiuso, la testa pesante, a volte faticavo a respirare. Perfino le ossa mi facevano male. Le attenzioni di Paolo erano impegnative: a volte è stancante anche essere amati, soprattutto nel modo in cui lo fa lui.

Non sapevo cosa avrei fatto della mia vita, ma non me ne importava. Non sentivo più nessun legame, nemmeno con gli oggetti di questa casa, tutto mi era indifferente. Avevo perso tutto.

Non ho mai avuto una sola volta il pensiero di chiamare Carla per scusarmi, per fare pace e chiedere il suo aiuto.

8 agosto

Mi sento condannata alla solitudine e non mi piace. A questo punto della vita non pensavo di ritrovarmi così, avevo sperato in qualcosa di diverso per me. Forse alla mia età dovrei smettere di cercare le risposte fuori e cominciare a guardarmi dentro. Non sono in grado di vivere sola e non riesco a tenermi un uomo. Mi ritrovo a casa con un marito che non voglio, che mi fa spesso pensare di aver sprecato i miei anni, vivendo con lui una vita costruita sui doveri, sui bisogni e mai sui desideri. Non parliamo quasi più se non di cose futili perché in una relazione quando non ci sono desideri non c'è più nulla da dirsi.

Questa sera ho un senso estremo di nostalgia. Sono invasa dai ricordi di quando ero piccola. Vedo il sorriso dolce di mia nonna, la tenerezza che esprimeva in ogni cosa. Sembrava così felice, serena, eppure la sua vita è stata più dura della mia, più faticosa e più dolorosa. Mi chiedo perché io non riesca a essere come lei. A volte ho la sensazione che mi veda, che da qualche parte mi stia guardando e mi dica di stare tranquilla, che andrà tutto bene. Mi domando se questo mio rifugiarmi in ricordi lontani ogni volta che sto male sia una fuga o se nei momenti che ricordo si nasconda un seme del mio essere che non ho coltivato e che ho lasciato lì. Sono stanca. Mi sembra che le cose che faccio non siano mai giuste, mai sufficienti. Il mio futuro con Paolo non c'è più, il futuro che avevo immaginato con l'altro uomo è stato spazzato via. Il buio e le ombre della notte se ne stanno andando e lasciano spazio alle prime luci del mattino. Vorrei che qualcosa di simile accadesse alla mia vita.

Mi ci era voluto quasi un mese per riordinare i pensieri e cominciare a muovere i primi passi nella mia nuova vita. La prima cosa che ho fatto è stata chiamare Carla.

«Ciao, Carla.»

«Ciao.»

«Come va?»

«Bene, grazie.»

«Ti disturbo?»

«No, dimmi.»

«Volevo salutarti e sapere come stavi. Che fai?»

«Sto sistemando delle cose, poi vado a fare la spesa.»

È rimasta in silenzio. Credo stesse aspettando che le dicessi qualcosa.

«In realtà ti ho chiamata per scusarmi.» Ho aspettato la sua risposta per capire quanto fosse arrabbiata con me, ma lei non parlava, come se dovessi aggiungere altro. «Volevo chiederti scusa e dirti che mi dispiace.»

Silenzio.

«... Mi sono comportata come una stronza.» Ancora silenzio. «... una stronza e una stupida, non pensavo veramente le cose che ho detto, ero completamente fuori di testa... Di' qualcosa, ti prego.»

«Cosa vuoi che ti dica?»

«Quello che pensi.»

«Penso che ti sei comportata come una stronza, che eri fuori di testa e che non pensavi veramente le cose che hai detto.»

Non era più arrabbiata con me e ne sono stata felice.

«Mi perdoni?»

«Non lo so, mi hai fatto molto male.»

«Lo so, scusa.»

«Ho passato dei giorni d'inferno pensando alle cose che mi hai detto.»

«Lo sai che non le pensavo.»

«Però alcune erano vere.»

«Non ero io quel giorno. Mi dispiace.» Silenzio. «Se non mi perdoni prendo la macchina e vengo subito lì.»

«Ti direi che non ti ho perdonata solo perché così almeno ti vedo... Ho voglia di vederti.»

«Anch'io.»

Lei non sapeva ancora com'era andata a finire tra me e lui.

«Devo dirti una cosa che ti farà piacere.»

«Cosa?»

«Avevi ragione, non sarei dovuta andare da lui. Non ci vediamo né sentiamo più da quel giorno.»

Non ha detto nulla per qualche secondo, poi: «Comunque non mi fa piacere. Come stai adesso?».

«Meglio, ma sono stata molto male, per questo non ti ho telefonato subito.»

«Vuoi che ci vediamo?»

«No, grazie, devo prima sistemare un po' di cose.»

Siamo rimaste al telefono più di un'ora, le ho raccontato tutto. Le ho chiesto di dirmi liberamente quello che pensava, perché mi sentivo pronta ad accettare le sue parole. Secondo lei non ero pronta a gestire un uomo così, non ero pronta per le sue necessità e probabilmente lui non lo era per le mie. Anche se c'era una grande attrazione, una grande affinità e comprensione, non ci siamo visti del tutto.

«Ma come ha potuto dare un taglio così netto alla nostra storia? Non ha nemmeno cercato di dimostrarmi che ci teneva. Così mi ha lasciato il dubbio che non gli importasse nulla di noi.»

«Credo che a lui importasse di te, altrimenti non sarebbe stato così attento, affettuoso e gentile durante i vostri incontri. Forse non era pronto per fare il passo successivo e tu glielo hai fatto notare. Sarebbe dovuto succedere in maniera naturale, invece ti sei lasciata trascinare dalle tue paure.»

«È vero, però lui poteva semplicemente dirmelo, essere chiaro, e avrei aspettato.»

«Tu hai tirato fuori le tue ombre, lui ha risposto tirando fuori le sue.»

«Sono stata una cogliona.»

«No, non lo sei, solo che non sei riuscita a gestire tutto in maniera lucida. Posso dirti che quando stavi con lui ho visto una donna che mi piaceva molto. Una donna coraggiosa, bella, che sapeva cosa voleva e sapeva chiedere.»

«Sì, ma quella donna non c'è più, quella donna esisteva grazie a lui e con lui se ne è andata. Quando è finita tra noi, ho sentito come se un'onda avesse spazzato via tutto. Anche il mio corpo. In questi giorni non sto male solo perché ho perso lui, ma perché ho perso quella donna. Aveva molte cose che mi piacevano, soprattutto sapeva amare come io non sono mai stata capace di fare. Ora sono ripiombata nella vita di prima, incapace di provare emozioni così intense. Mi sento senza forze all'idea di dover ricominciare da zero. Con il tempo so che riuscirò a rinunciare a lui, anche se adesso fa male. Rinunciare a lei, però, sarà più difficile.»

«Su questo non sono d'accordo. La donna che lui ti ha fatto vedere non esiste solo in sua presenza, ma è dentro di te, sei tu. Nessuno ti cambia facendoti diventare una cosa che non sei; ti cambia portando alla luce una parte di te che non conoscevi ma che ti appartiene. Si cambia diventando una persona che si è già.»

«Forse hai ragione tu, ma come ha fatto a vederla prima?»

«Credo che abbia intuito qualcosa, ma poi sei stata tu a scegliere di rischiare. Per la prima volta da quando ti conosco hai scelto di vivere un incontro, e non mi riferisco al fatto che sei andata fisicamente a casa sua, intendo dire che per la prima volta sei andata verso un'altra persona.»

«Forse anche troppo, direi.»

Carla aveva ragione, ma in quel momento non sapevo dove trovare quella donna senza di lui, come rincontrarla. Qualcosa di lei era rimasto, una scia, un profumo, un'eco. Mi aveva costretta a rivedere la mia vita, a ripensarla, a scoprire parti di me che non conoscevo.

Le parole di Carla mi avevano fatto bene, eppure non avevano sciolto il dolore che ancora provavo. Era stupido e assurdo, sapevo che era sbagliato e che non avrei dovuto, ma sentivo che se mi avesse chiamata sarei corsa subito da lui.

10 agosto

Questa sera, quando sono rientrata dal lavoro, Paolo era ai fornelli che cucinava. Sul tavolo c'erano due bicchieri di vino e al centro un mazzo di rose rosse col gambo lungo. Gli ho chiesto che cosa si festeggiava e mi ha risposto che non c'era bisogno di un motivo per festeggiare. Le rose erano molto belle, ma invece di esserne felice ho provato una sensazione opposta, come un leggero soffocamento. È durato qualche secondo, il tempo che sul mio viso rimanesse stampato un sorriso, poi l'ho ringraziato e il soffocamento si è trasformato in una malinconia mista a tristezza.

Durante la cena ho parlato poco, a differenza sua che era un fiume in piena: non lo avevo mai visto così. Prima del caffè mi ha passato un foglio con la prenotazione di una vacanza a Sharm el-Sheikh. Non ho detto niente, non sapevo nemmeno se ero felice.

«Sei contenta che andiamo in Egitto? Sono riuscito a farmi dare le ferie a settembre come te.»

La notizia mi ha spiazzata al punto che non ho saputo dire nulla, tranne ringraziarlo e iniziare subito a lavare i piatti.

11 agosto

Ieri, prima di addormentarmi, ho pensato alla mattina in cui avevo la febbre e Paolo mi ha messo la mano sulla fronte. A quel tocco mi sono svegliata. Se un gesto così lo avesse fatto l'uomo che amo, mi sarei commossa profondamente. In quel momento, invece, l'ho avvertito come il gesto di un fratello. Ho capito che è arrivato il momento, non posso aspettare oltre, non posso rimandare perché non ho più la forza di inventare ogni giorno una donna che non sono e un uomo che non c'è. L'uomo che fino a poco tempo fa era al centro della mia vita, che in qualche modo sembrava darle addirittura un senso, è diventato l'ultimo dei miei interessi; la storia per cui avevo dato tutto fino a trasformarmi nel guscio vuoto di me stessa non c'è più; tutto questo non può essere liberazione, non può essere felicità. Non mi sento liberata, ma svuotata, senza forze, ho la piena certezza che non si possa ricomporre nulla tra noi.

Ho bisogno di trovare le parole e il modo giusto per lasciarlo. La donna che sono non può renderlo un uomo felice. E lui non può farlo con me. Dobbiamo cercare le nostre felicità altrove.

Quella sera, dopo avere scritto queste parole, mi sono alzata da letto e sono andata a sedermi sul divano accanto a Paolo, che guardava la televisione. Ogni tanto, senza che se ne accorgesse, mi giravo verso di lui e lo osservavo. Non aveva idea di cosa stavo per dirgli. Ci stavamo per lasciare, e questa volta facevo sul serio. Mentre cercavo il modo, pensavo che ogni minuto che passava era un minuto di vita che restava da questa parte della linea: prima della separazione, dopo la separazione. Stavo per dargli un dolore e non trovavo le parole giuste per cominciare. Non sapevo cosa fare, non trovavo soluzioni che non fossero dolorose, qualsiasi cosa avrei detto lo avrebbe ferito e mi dispiaceva. Era vero, non lo amavo più, ma non ho mai voluto fargli del male. Lo osservavo, guardavo il suo profilo, le sue mani, i polsi, le braccia, forse era l'ultima volta che lo vedevo da così vicino. Provavo un senso infinito di tenerezza. Come eravamo arrivati fino a quel punto? Avevo visto così tanta vita in quell'uomo: la mia, la sua, la nostra insieme. Mi sono alzata e sono andata in bagno a guardarmi allo specchio. Volevo piangere e non riuscivo, forse avevo più voglia di gridare. Mi sono lavata la faccia e sono tornata di là, sul divano.

«Paolo, dobbiamo parlare.»

«Che c'è?»

«Dobbiamo parlare di noi.»

Stava per dire qualcosa, ma mi ha guardata negli occhi e si è fermato. Siamo rimasti qualche secondo in silenzio. Aveva capito di cosa si trattava, ne ero sicura, e si è rigirato verso il televisore.

«Paolo.»

Ha alzato il volume.

«Paolo!»

Gli ho strappato il telecomando di mano e ho spento. «Ascoltami... per favore.»

«Non voglio sentire le tue parole. Le cose si sistemano, si stanno già sistemando. Vedrai che andare a Sharm ci farà bene.»

«Paolo, non vengo in Egitto.»

«Come non vieni? Abbiamo già i biglietti.»

«Mi dispiace.»

«Ce la sto mettendo tutta, Elena, te lo sto dimostrando in questi giorni... Dammi tempo.»

«È tardi, Paolo, non possiamo più farci niente.»

«Non è tardi, sei tu che hai fretta, non sono cose che si sistemano in due giorni, ci vuole tempo. Fidati di me.»

«Mi sono accorta che sei più attento, ma è tardi.»

«Sei innamorata di un altro?»

«Smettila.»

«Se c'è un altro uomo dimmelo.»

«Non c'è nessun altro uomo.»

«Giuramelo.»

«Paolo, ti prego.»

«Perché non me lo giuri?»

«Il punto non è se c'è un altro uomo, il punto è che non ci siamo più noi. Ti prego, lasciami andare.»

«Non voglio.»

«Per favore, è molto difficile anche per me.»

«Allora non farlo se è difficile.»

Sono rimasta in silenzio.

«Diamoci del tempo, se tra qualche mese sei ancora convinta, non ti fermerò, te lo prometto. Ti chiedo solo qualche mese...»

«A questa storia ho già dato tutto il tempo necessario, ho fatto tutto ciò che potevo.»

«Possiamo ancora cambiare.»

«Non stiamo discutendo se lasciarci o no, quello l'ho già deciso. Sto solo cercando il modo insieme a te.»

Ha cambiato posizione allontanandosi un po'. «Non sono d'accordo, sei tu che invece...»

«Paolo, non alzare la voce e non cominciare a dare colpe.»

«Invece sì: è colpa tua.»

«Voglio la possibilità di una vita felice. Se dire che è colpa mia ti fa stare meglio, allora va bene. Non voglio litigare, non voglio dare colpe.»

«Non voglio che ci lasciamo. Che ti ho fatto di male? Perché mi odi?»

«Non ti odio, ma se continuo a vivere qui con te succederà.»

«Cosa ti aspetti che faccia adesso?»

«Nulla, solo accettare la mia decisione.»

«Non ti riconosco più, mi fai paura. Come puoi parlarmi in maniera così fredda e razionale dopo anni che stiamo insieme?»

«Non ho alternative. Forse tu non ti rendi conto di quanto mi costi parlarti così.» Aveva l'espressione di un bambino spaventato, non era aggressivo. Avrei voluto abbracciarlo, ma non potevo mollare. «Non mi rende certo felice dirti queste parole.»

Siamo rimasti seduti sul divano fissando un punto lontano a cui aggrapparci.

Senza guardarmi mi ha detto: «Ti ricordi quando abbiamo comprato quel quadro? Non mi è mai piaciuto, lo sai?».

«Nemmeno a me.»

«E allora perché è rimasto lì tutti quegli anni se non ci piaceva?»

Non ho risposto. Ha affondato la faccia tra le mani e ha iniziato a piangere. Piangeva in maniera rumorosa, singhiozzava, tirava su con il naso. Non lo vedevo piangere da anni.

«Scusami, Elena, scusami... non è vero che è colpa tua. È colpa mia, non sono stato capace di amarti. Non sono capace di amare nessuno, tu non c'entri.» Stavo malissimo, non parlavo. Poi si è calmato, si è asciugato le lacrime e si è soffiato il naso. «Scusa.»

«Non ti devi scusare.»

Osservava il soffitto, si guardava attorno, fissava angoli della casa, tutto tranne me.

«Guardami.»

«Non ci riesco.»

«Guardami.»

«Se ti guardo, ricomincio a piangere come un coglione.»

«Va bene, non guardarmi... dimmi solo se hai capito che è la cosa giusta da fare.»

«No, non l'ho capito.»

«Paolo...»

«Ho capito, ma fa male lo stesso. Non riesco a pensare alla mia vita senza di te, non riesco a immaginare che domani mattina mi sveglio e non sei lì nel letto, che torno a casa e non ci sei, che non ceniamo insieme e non sei in camera quando sono sul divano a guardare la TV. Mi piace sapere che poi la spengo, vengo a letto e tu sei lì.» Si è girato verso di me e ha aggiunto: «Non riesco a immaginare un solo giorno senza di te. Come faccio adesso?».

«Non lo so.»

Siamo rimasti in silenzio, poi è andato a prendere un bicchiere d'acqua e ne ha portato uno anche a me.

«Tieni.»

«Grazie.»

«Non ringraziarmi, ci ho messo il veleno.» Ha sorriso, aveva la faccia tutta rossa. Si è seduto sul divano. «Vado a dormire da mio fratello, non posso restare qui.» Mentre si infilava le scarpe senza slacciarle, ha aggiunto: «Tutto quello che hai detto è giusto, su una cosa però ti sbagli: quando hai iniziato ad allontanarti da me, non è vero che non me ne sono accorto, solo non sapevo cosa fare, come evitarlo, e in quella incapacità sono rimasto a guardare, nella speranza che le cose si sistemassero da sole. Io non so cosa ti abbia spinto a cambiare, ma a un certo punto non eri più tu, non ti riconoscevo e non sono stato in grado di gestire la situazione. Non puoi capire quanto mi dispiace e so che non me lo perdonerò mai».

«Non c'è nulla da perdonare.»

«Invece sì, Elena. C'è una vita intera.»

20 ottobre

Alla mia età non è facile andare a vivere da sola. È un'esperienza che non ho mai fatto prima. I primi giorni tornare a casa e trovare tutto spento e silenzioso mi dava un senso di vuoto e di ansia. Le cene da sola, andare a letto sola, svegliarsi sola. La sera non riuscivo a dormire, mi addormentavo sempre tardi e mi svegliavo presto, a ogni piccolo rumore mi alzavo a controllare cosa fosse. Pensavo sempre fossero i ladri che cercavano di entrare.

Tutti i vecchi automatismi erano saltati. Ho dovuto imparare nuove misure, nuovi spazi e tempi. La sera preferivo tornare a casa presto e avevo preso l'abitudine di lasciare una luce accesa in una stanza. Lasciavo una luce accesa anche mentre dormivo.

Continuavo a chiedermi se avessi fatto la cosa giusta. In realtà conoscevo già la risposta – non volevo vivere al fianco di un uomo che non amavo più –, eppure certe sere mi sembrava difficile anche solo passeggiare nella mia casa vuota. In fondo sono molte le persone che stanno insieme per compagnia, per abitudine, per dividere le spese. Se si lasciassero, non saprebbero dove andare.

I primi tempi organizzavo sempre cene a casa pur di non stare sola. Anche Carla è venuta un paio di volte per passare un weekend insieme.

Poi è successo qualcosa, ho superato tutte le difficoltà e senza accorgermene sono entrata in una dimensione nuova. Ho iniziato a stare bene e non vedevo l'ora di tornarmene a casa, chiudere la porta e restare lì da sola a fare le mie cose. Vedevo i quadri appoggiati a terra invece che appesi ai muri ed ero felice: ho sempre preferito così, ma Paolo non era d'accordo. Decidevo di fare una cosa e poi cambiavo idea all'ultimo minuto senza dovermi giustificare né sentirmi in colpa.

Da una settimana a cena mangio la stessa cosa: un semplice riso in bianco con il tonno e un goccio di olio d'oliva e di salsa di soia. Ne vado pazza, è squisito, ma non potrei mai prepararlo per un ospite: è una poltiglia che sembra cibo per cani. Mangio quello che mi piace, quante volte mi va, e all'ora che voglio. Dieci giorni fa, invece, non riuscivo a smettere di mangiare avocado, spalmato sul pane tostato, nell'insalata, con i gamberetti o facendo il guacamole. *Non desideravo altro. Mi piace non sentire russare, o tossire, o tirare lo sciacquone del bagno durante la notte. Mi piace non sentire la sveglia di un'altra persona al mattino. Mi piace allungare le gambe e le braccia e girarmi senza paura di disturbare qualcuno.*

Qualche giorno fa non riuscivo a dormire e sono venuta qui in cucina a scaldarmi un bicchiere di latte, poi ho acceso la televisione e mi sono resa conto che non dovevo tenere il volume basso né spegnere le luci. È la prima volta che ho un appartamento tutto mio. È più piccolo di quello in cui stavo con Paolo, ma respiro un senso di libertà che non ho mai provato prima. Ho scoperto la bellezza del silenzio tra le mura di casa. Godo della mia solitudine. La sera, dopo mangiato, mi preparo una tisana e mi sdraio sul divano a guardare un film o scivolo dentro le pagine di un libro o faccio lunghe telefonate con Carla mentre mi spalmo la crema sulle gambe. Mi compro dei fiori da mettere in cucina, apro una bottiglia di vino anche per berne solamente un bicchiere, a volte metto della musica a tutto volume e ballo da sola per casa. Ho imparato a sorridermi allo specchio. Ho scoperto che è bello tentare di sedurre se stessi. Mi scopro felice semplicemente fissando le tazze colorate e le scodelle nuove sulla men-

sola della cucina. Quando sono al lavoro, non vedo l'ora di tornare a casa, per farmi un bagno caldo e lungo. Nessuno bussa chiedendomi di entrare, non devo cucinare per altri e non ho orari, non ho obblighi. A volte salto anche la cena, oppure decido di provare una ricetta nuova e uscendo dall'ufficio passo a comprare gli ingredienti che mi servono, poi scappo a casa per giocare in cucina come una bambina.

Vivere sola mi ha insegnato a chiedermi cosa voglio e cosa desidero. Sembra scontato, ma per me non lo è mai stato. Ho imparato a trovare dentro di me le misure e le ragioni del mio vivere. Ho capito che devo volere ciò che sarò, non posso più vivere per compiacere qualcuno, obbligandomi a essere quella che non sono. Nello specchio di questa casa ho visto la persona che mi sento, una donna che avevo dimenticato e messo da parte senza rendermene conto. Mi sono tornati in mente molti ricordi di quando ero ragazzina e sognavo di cambiare il mondo. Ho ritrovato la voglia di sapere, conoscere, capire. Ogni scoperta è un regalo meraviglioso per me. Mi emoziono quando intravedo nuovi significati.

Nella donna che sono vedo un futuro diverso.

Una sera, dopo il trasloco, sono andata a cena da Federica. Finito di mangiare l'ho aiutata a preparare una borsa perché doveva passare un weekend in un agriturismo con l'uomo di turno. Stavamo ridendo per le strane ed eccessive combinazioni tra top, minigonne e intimi che stavamo facendo quando ho visto una cosa che mi ha gelato il sangue. Da un cassetto dell'armadio ha tirato fuori un beauty da viaggio, lo stesso che avevo visto in bagno da lui. Credo di essere diventata bianca come un lenzuolo.

Lei mi ha guardata. «Stai bene? Che hai?»

«Dimmi di no, ti prego.»

«Cosa?»

«Non ci posso credere... dimmi che non sei stata in quell'appartamento.»

«Di che appartamento stai parlando? Così mi spaventi.»

«Sai benissimo di cosa sto parlando.»

«Elena, basta! O ti spieghi o la smetti, hai una faccia sconvolta e io non capisco di che parli.»

«Da quanto tempo hai questo beauty?»

«Cosa c'entra adesso il beauty?»

«Da quanto tempo? Dimmelo!»

«Da un paio di mesi, ma che c'entra?»

«Dimmi la verità.»

«La verità su cosa?»

«O mi dici tutto o con te ho chiuso. Da quanto tempo hai questo beauty?»

«Me lo ha regalato mia madre due mesi fa. Adesso però smettila e dimmi perché sei così agitata.»

«Giurami che ce l'hai da due mesi.»

«Se vuoi chiamo mia madre e te lo faccio dire da lei.»

Mi sono seduta sul letto. «Va bene, ti credo. Scusami.»

In quel minuto credo di aver perso dieci anni di vita.

«Adesso mi dici che hai, dovresti vedere la faccia che hai fatto, mi hai spaventata.»

Il mio comportamento è stato così folle che non ho potuto evitare di spiegarle il motivo. Le ho raccontato tutto, dal biglietto che lui mi aveva lasciato nel cappotto a quando sono uscita dal cancello di quella casa in Toscana. Nemmeno con Carla ero entrata così nei dettagli. Quella sera, invece, ho detto tutto e quando ho finito mi sono sentita come se mi avessero tolto un macigno dallo stomaco. Non sapevo nemmeno di averlo, me ne sono accorta solo liberandomene. Nel raccontare e rivivere quella situazione, ho capito forse per la prima volta cos'era stato quell'uomo per me. L'importanza del nostro incontro per la mia vita. Mi sono sentita libera e all'improvviso mi sono venuti gli occhi lucidi.

Federica mi ha abbracciata. «Elena, sei meravigliosa.»

Abbiamo finito di fare la borsa e, guardando meglio il beauty, mi sono anche accorta che era diverso da quello che avevo visto da lui.

La serenità che avevo raggiunto mi portava ad avere un atteggiamento diverso nei confronti della vita.

In quei giorni, durante una riunione, il capo si è complimentato per il mio lavoro. Binetti ha fatto il suo solito sorriso. Uscendo dalla sala l'ho fermato. «Scusa, vorrei parlarti un secondo.» Ho chiuso la porta e siamo rimasti da soli nella stanza. «Senti, Binetti, sono anni ormai che lavoriamo insieme. Vorrei togliermi una curiosità: cosa significa il sorrisino che vedo stampato da mesi sulla tua faccia? Posso saperlo?»

«Quale sorriso? Non so di cosa parli.»

«Hai capito benissimo di cosa parlo, non fare finta. Se significa qualcosa, dimmelo: sono pronta ad ascoltare. Se invece non hai niente da dire, o non hai le palle per dirlo, lasciamo stare, ma sia chiaro: non ho più intenzione di vedere quel sorrisino. Né adesso, né domani, né mai. Quello di oggi era l'ultimo, mi sono spiegata?»

«Tu non sei normale, hai dei problemi.»

«No, i problemi li hai tu e ti sto chiedendo di parlarne con me, se mi riguardano.»

«Cosa significa questa storia?»

«Significa che da adesso devi finirla con le tue insinuazioni.»

«Non faccio nessuna insinuazione.»

«Non mi stupisco che tu finga di non capire, ma non mi importa, io so che ci siamo capiti.»

«Senti, mi hai rotto il cazzo, dacci un taglio e scopa di più.»

«No, forse non hai capito. Sei tu che mi hai rotto il cazzo e che ci devi dare un taglio. E non sto scherzando, posso diventare un vero problema per te, Binetti. Un problema che non immagini nemmeno quanto grande possa essere. Non voglio più vedere quel sorrisetto del cazzo sulla tua faccia quando si parla di me. E non solo, se qualcuno mi riferisce ancora qualcosa che hai detto su di me, te ne faccio pentire, anche se non è vero che l'hai detto. Ti sei giocato tutti i bonus, Binetti. La mia pazienza è arrivata al capolinea.»

«Cosa fai, mi minacci?»

«Non è una minaccia, è una promessa. Capisco che per te sia più facile accettare che il capo mi affidi dei progetti perché ci sono andata a letto e non perché sono brava. Solo un uomo stupido come te può pensare che io possa andare a letto con qualcuno per lavorare. Il giorno che deciderò di aprire le gambe per interesse, credimi, lo farò per stare a casa e non per alzarmi alle sette la mattina. Per me la discussione finisce qui. Questa volta è stata privata, tra me e te. Al prossimo sorriso o commento del cazzo ti sbrano davanti a tutti. Ciao, e buon lavoro.»

«Senti...»

«Binetti, stai zitto. Oggi non è la tua giornata.»

Sono uscita da quella sala riunioni che mi sentivo una tigre. Avrei potuto mangiarmi il mondo. Sono andata in bagno e ho pianto di felicità. All'improvviso, mentre mi guardavo riflessa nello specchio, tutto mi è apparso molto chiaro. All'inizio vedevo quella donna come un'entità staccata da me, quasi fosse un'altra persona. Poi sono diventata quella donna. Mi sono guardata negli occhi e mi sono detta: «Eccomi, sono tornata».

22 aprile

Federica domani non può andare all'appuntamento a Roma, così ci vado io. Mi ha chiesto di sostituirla perché ha organizzato una serata importante con Marco, il primo da anni al quale non abbia affibbiato un soprannome. È un grande evento. Dopo l'uomo cavallo, l'uomo mignolo, l'uomo so tutto io, l'uomo mutanda, l'uomo Eurostar... finalmente è arrivato Marco.

Non ho potuto dirle di no. E poi Roma è una città che amo, sono sempre felice di andarci. Mi piace passeggiare dopo cena tra i vicoli prima di tornare in hotel.

L'appuntamento di lavoro era andato bene. Avevo il treno per Milano alle sedici, ma la riunione si stava dilungando in chiacchiere inutili.

«Sei venuta in aereo o in treno?»

«In treno.»

«Ormai sulla tratta Milano-Roma non conviene più prendere l'aereo. Devi essere un'ora prima all'aeroporto, un'ora di volo, un'altra ora per arrivare in città col taxi. Oltretutto sul treno puoi comunque lavorare e c'è pure il wireless.»

Avevo già sentito questo discorso almeno mille volte, con la differenza che quella volta mi stava facendo perdere il treno.

Quando sono uscita ho detto al tassista di correre, ma arrivata alla stazione ho visto il mio treno partire. In attesa di prendere quello dopo, ho ingannato il tempo tra il bar, alcuni negozi e la libreria. All'improvviso mi sono accorta che era ora di salire, mancavano solo pochi minuti alla partenza. Al mio posto c'era un signore anziano.

«Buongiorno, questo posto dovrebbe essere mio, lei è sicuro di non avere sbagliato?»

«Senta, siccome viaggio con mia moglie e abbiamo i posti lontani, non le dispiace fare cambio?»

«Per niente, si figuri.»

Mi sono seduta in fondo al vagone, e dopo qualche minuto il treno è partito.

La mia visione romantica della vita mi porta a pensare che quando mi succedono cose del genere il destino stia giocando con me, per una ragione che ancora mi è sconosciuta. "Incontrerò l'uomo della mia vita" mi sono detta scherzando. Ero così stanca che ho deciso di mangiare qualcosa sul treno, così arrivata a casa avrei potuto farmi una doccia e infilarmi subito a letto.

Arrivati vicino a Milano, ho camminato fino al primo vagone e mi sono messa di fianco alla porta per guadagnare tempo. Accanto a me c'era un uomo che aveva avuto la mia stessa idea. A pochi metri dalla stazione il treno si è fermato. Ci siamo guardati con aria complice e gli ho sorriso. «Verrebbe voglia di scendere e fare questi ultimi metri a piedi.»

«Credo sia per questo che le porte restano bloccate fino all'ultimo.» Il treno è ripartito. «Qualcuno ci ha sentiti» mi ha detto.

Quando siamo scesi, ci siamo salutati. Lui aveva un passo più veloce del mio. Sono andata verso i taxi e ho visto tre auto e tre persone davanti a me. Una di loro era lo stesso uomo con cui avevo fatto gli ultimi minuti di viaggio.

«Se vuoi ti cedo il posto» mi ha detto quando l'ho raggiunto.

La tentazione era di accettare e salire sul taxi.

«Grazie, ma non importa, aspetterò.»

«Sei sicura? Lo faccio volentieri.»

«Sì, sono sicura.»

È salito sul taxi ed è partito, e io mi sono pentita subito di aver rifiutato la sua offerta. Dopo qualche metro il taxi si è fermato e lui è sceso. «Dividiamolo, ti va? Non puoi dire di no a tutto.»

Siamo andati verso casa mia. Nel tragitto abbiamo parlato un po', e mi ha colpito il fatto che parlava come se fosse bello. La sua ironia rivelava intelligenza. Quando sono scesa dal taxi, non mi ha fatto pagare e ha preso il mio trolley dal baule. L'ho guardato e stavo per confessargli che non mi ricordavo il suo nome, ma lui nella mia pausa ha letto un imbarazzo. «Lo so, vorresti invitarmi a salire con la scusa di bere qualcosa... mi spiace, Elena, ma questa sera sono troppo stanco.»

Sono rimasta immobile a fissarlo, non capivo se parlasse sul serio o se stesse scherzando, poi sono scoppiata a ridere e lui con me. Prima di risalire sul taxi ha aspettato che entrassi. Mi sono girata, l'ho ringraziato ancora e lui mi ha salutata con un sorriso.

Quella sera mi sono addormentata con un po' di dispiacere per il fatto di non sapere nulla di quell'uomo. A volte si prova nostalgia anche per qualcuno che si è incontrato solo per qualche minuto. Al mattino mi sono ricordata che si chiamava Nicola.

Un sabato pomeriggio, mentre parcheggiavo la macchina, ho sentito bussare al finestrino. Mi sono spaventata. Era Simone.

«Ciao, mi hai riconosciuta dalla macchina?»

«No, da come parcheggi.»

Mi sentivo in imbarazzo, era la prima volta che lo incontravo dopo la separazione. Deve averlo capito perché subito mi ha invitata a bere un caffè con lui. Dopo aver chiacchierato un po' del più e del meno, gli ho chiesto come stava Paolo.

«Adesso bene, non è stato facile ma alla fine se la sta cavando alla grande.»

«Sono contenta, davvero. Forse è difficile da credere, ma mi è spiaciuto molto quello che è successo tra noi.»

«Credo che alla fine tu gli abbia fatto un regalo.»

«Ho pensato molto al nostro matrimonio e ora so che in certi momenti sono stata davvero insopportabile.»

«Sicuramente, ma anche stare con lui non è facile. L'ho sempre pensato, adesso che vive con me non ho dubbi.»

«Vive con te?»

«Provvisoriamente.»

«Non sembravate così uniti.»

«Lo siamo diventati. Dopo la separazione è rimasto per un po' a casa vostra, ma poi diceva che ogni angolo era un ricordo doloroso e allora che cosa ha fatto il genio? È andato a vivere da nostra madre. Una domenica gli ho fatto la borsa, l'ho trascinato via con la forza, l'ho infilato in macchina e l'ho portato a casa con me. Praticamente un rapimento. Lei è ancora arrabbiata, dice che lo rovinerò.»

«Dal suo punto di vista ha ragione.»

Simone ha riso. «I primi giorni non sono stati facili. Ho dato fondo a tutta la pazienza che avevo, litigavamo un giorno sì e l'altro anche... adesso invece andiamo abbastanza d'accordo. Pensi che andrò in paradiso per questo?»

«Sicuramente.»

«Hai visto? Alla fine mi sono ritrovato a convivere, e ho pensato che se ci riesco con mio fratello posso farlo anche con una donna.»

«Non è proprio la stessa cosa, comunque è già un passo avanti: una volta non ti importava di nessuno.»

«C'è un limite a tutto, non potevo lasciarlo con nostra madre, avrebbe trovato il modo di tenerselo in casa fino alla fine dei suoi giorni. Devo confessarti che sono contento di averlo fatto, stiamo bene insieme. Parliamo molto, non solo di voi due, ma anche della nostra infanzia, di nostro padre, perfino di nostra madre e della vita in genere. Dice di aver capito molte cose, molti errori che ha fatto, e anch'io forse ho capito i miei.»

«Sono sicura che gli darai dei consigli giusti.»

«No, no, io non dico nulla, più che altro ascolto. Tempo qualche mese e si rimette in piedi del tutto.»

Ero contenta di sapere che Paolo stava meglio e che Simone gli stava vicino. Prima di salutarci mi ha ringraziata.

«Grazie per cosa?» gli ho chiesto.

«Perché grazie a te ho riscoperto mio fratello e mi è pure simpatico.»

Poco dopo quell'incontro Paolo mi ha telefonato. L'agenzia incaricata di vendere la nostra casa aveva ricevuto un'offerta. Non lo sentivo da mesi e quella telefonata mi ha messo in uno stato di agitazione. È stato ironico e divertente, non so se per nascondere l'imbarazzo. A un certo punto mi ha detto: «Lo so che non ti interessa più, ma c'è una grande novità nella mia vita... mia madre non mi compra più le mutande».

Abbiamo riso entrambi.

Ci siamo ripromessi di vederci presto per la vendita della casa e di prendere un caffè insieme. Prima di chiudere la telefonata, mi ha detto: «Ti voglio bene, Elena».

Mi sono emozionata.

«Anch'io, Paolo.»

Ieri ho finito la parte difficile del trasloco, la cucina. Imballare le cose più fragili ha richiesto tempo e attenzione.

Anche se avevo chiesto a Carla di lasciarmi fare da sola, è passata a salutarmi con una bottiglia di vino e, chiacchierando, mi ha dato una mano con gli ultimi bicchieri. È a Milano per vedere delle case, perché finalmente è pronta a tornare.

«Com'erano gli appartamenti che hai visto oggi?»

«Alcuni terribili e mi chiedo con che coraggio te li propongono. Uno invece è molto carino, mansardato, con le finestre basse e le travi a vista. È un po' buio, ma ha un terrazzino. Hanno già ricevuto un'offerta e accettano la mia solo se si ritira l'altra persona. Lunedì vado a vederne un altro qui vicino, se hai voglia di accompagnarmi pensavo di andarci all'ora di pranzo.»

«Volentieri.»

«Lo sai, vero, che io non farò come te e ti chiederò di aiutarmi con il trasloco, quindi cerca di non stancarti troppo. Certo che questa casa era perfetta per me...»

«Lo so. Peccato che l'altro giorno, parlando con la padrona, mi ha ribadito che vuole farci dei lavori e poi venderla. Prendo dei grissini e del parmigiano, se beviamo a stomaco vuoto finisce che non riesco neanche a chiudere gli scatoloni. Dài, aiutami a finire queste cose, che mi scoccia buttare il cibo.»

«Pensavo fosse una gentilezza, invece mi stai usando come pattumiera.»

«Sei fortunata che non apro le due scatole di tonno.» Mentre prendevo un piatto da uno scatolone per metterci delle scaglie di formaggio e dei grissini, lei ha notato la mia gamba.

«Che hai fatto? Hai una vescica enorme.»

«L'altro giorno siamo andati a fare un giro in moto e scendendo ho appoggiato il polpaccio alla marmitta.»

«Chissà che male! È successo anche a una mia amica e le è rimasto il segno.»

«Ho quasi pianto dal dolore.»

«E lui cosa ha fatto?»

«Mi ha detto: "Adesso che ti ho marchiata sei di mia proprietà, il che significa che non ci potremo mai lasciare, a meno che io non decida di venderti".» Abbiamo riso.

«Come sta?»

«Bene, dice che è contento che vado da lui perché, con la scusa di farmi spazio, si è liberato di un sacco di cose che non usa più.»

È suonato un cellulare.

«È il mio o il tuo?» mi ha chiesto.

«Il tuo.»

L'ho guardata mentre, affacciata alla finestra, parlava e rideva con un amico. La vedevo felice, ed era tornata luminosa com'è sempre stata, forse anche di più.

Ho aspettato che finisse la telefonata per dirle: «Sai che sei proprio bella oggi? Questo vestito ti sta veramente bene».

«Grazie, l'ho preso la settimana scorsa. Appena l'ho visto me ne sono innamorata, lo metterei tutti i giorni.»

Sono contenta che Carla torni a vivere a Milano, che sia uscita dalla sua crisi, che abbia ricominciato a prendersi più cura di sé, anche nell'aspetto.

«Vieni con me di là.» Siamo andate in camera da letto. «Ho messo sul letto le cose che ho scartato, guarda se c'è qualcosa che ti piace.»

«Il mio vestito preferito! Sei sicura di non volerlo più?»

«Sicura, l'ho lasciato fuori apposta per dartelo.»

«Ti sei ricordata che mi piaceva?»

«Difficile dimenticarlo, me lo hai ripetuto ogni volta che lo mettevo.»

«Lo so, è una vita che gli faccio il filo, guarda che se cambi idea non te lo ridò indietro.»

«Controlla se c'è qualcos'altro che ti piace, lì ci sono le scarpe, qui magliette, vestiti e maglioni, lì borse cinture e tutto il resto.» Carla si è avvicinata ai sacchetti. «Metti le cose che ti piacciono in questa scatola, te le porto dopo che hai traslocato.»

«Anche questa borsa non la vuoi più? Sei sicura? È bellissima.»

«Ti dirò la verità, ci ho pensato un po' su, l'ho messa e tolta dallo scatolone tre volte e alla fine l'ho lasciata lì. Ma falla sparire subito prima che io cambi idea.»

«Questa devi tenerla, è proprio tua.»

Facevo fatica a trovare le parole per esprimere la mia felicità al pensiero che Carla torni a vivere a Milano. Sono entusiasta all'idea del tempo che passerò con lei e delle cose che faremo. Il suo ritorno è un bel regalo.

«L'altro giorno pensavo che è un sacco che non andiamo al cinema insieme.»

«Una vita» mi ha risposto guardando il vestito che ora era suo.

Ci siamo abbracciate.

Quando Carla se ne è andata, ho sistemato ancora un paio di cose, poi sono crollata. Non avevo voglia di spostare tutti i vestiti che sono sul letto, così ho deciso di dormire sul divano. Credo che lo farò anche questa notte.

Stamattina lo squillo del telefono mi ha svegliata bruscamente.

«Dormivi?»

«Sì, sul divano.»

«Scusa.»

«No, hai fatto bene a chiamarmi, ho ancora un sacco di cose da fare. Ma che ore sono?»

«Le otto e venti.»

«Che ci fai già sveglio a quest'ora di domenica?»

«Mi sono svegliato presto per fare ancora più spazio a te e alle tue cose, continuo a dilatare la mia vita per farti entrare comoda.»

«Guarda che non sono tante cose.»

«Tra un'oretta ti porto la colazione, se ti va.»

«Va bene, ti aspetto.»

28 marzo

Ricordo perfettamente il momento in cui ho capito che Nicola mi piaceva davvero. Erano già alcuni mesi che ci frequentavamo. Un venerdì sera, dopo aver cenato insieme, mi sono fermata a dormire da lui. Al mattino l'ho sentito rientrare, svegliata dal rumore che ha fatto nell'appoggiare le chiavi sul piatto all'ingresso. Tutti suoni che stavo imparando a conoscere. È venuto diretto in camera, e per un istante ho avuto la tentazione di fingere di dormire per scoprire cosa avrebbe fatto se mi avesse trovata addormentata. Non ci sono riuscita e l'ho aspettato con un sorriso stropicciato. Lui mi ha guardata mostrandomi il suo. Era andato a comprare i giornali e dei cornetti per la colazione. Mentre mi parlava, si è avvicinato e si è seduto al bordo del letto, mi ha spostato i capelli dal viso e mi ha baciata, prima sulla fronte poi sulla bocca. A volte restiamo dei minuti in silenzio a guardarci negli occhi, magari dopo aver fatto l'amore, prima di addormentarci o al risveglio, con i nostri visi appoggiati al cuscino. Ogni volta che succede ho la sensazione che, in quel silenzio, una parte profonda di noi faccia un passo verso l'altro. Spesso ho l'impressione che le parole servano solamente a costruire quei momenti di silenzio.

Mentre andava in cucina, mi ha detto: «Ti lascio fare le tue cose tranquilla. Quando vuoi la colazione, me lo dici e la preparo».

Mi sono stiracchiata e sono rimasta a letto, sotto il piumone bianco. Mi guardavo attorno, osservavo i suoi vestiti, i libri, gli occhiali, la lampada, la cravatta. Non so quanto sia durata quella panoramica sulle sue cose, so solamente che mi sentivo bene, mi sentivo nel posto giusto. In quel preciso istante mi sono resa conto di esserne innamorata.

Nicola non assomiglia a nessun uomo e a nessuna persona che io abbia mai conosciuto. È un uomo fiero, che sta bene con se stesso, sorride con gli occhi e soprattutto mi fa ridere. Ha la capacità di alleggerire le situazioni e stemperare la tensione con una parola o un sorriso. È ironico e, scherzando, mi fa notare quanto poco importanti siano le cose per cui a volte me la prendo. Mi ritrovo a sorridere pensando a lui, come quando, i giorni successivi al nostro primo incontro, il portinaio mi consegnava lettere, fiori o biglietti che Nicola era passato a lasciarmi. In molte cose siamo diversi, e all'inizio pensavo che questo non ci avrebbe permesso di avvicinarci veramente, di avere una reale intimità. Mi sbagliavo. Le differenze non solo non ci hanno tenuti lontani, ma sono diventate un punto di forza: ci hanno dato la possibilità di vedere le cose da più punti di vista.

Non sto andando a vivere con lui perché penso che il nostro sarà un amore eterno. Vado a stare da lui perché adesso è la persona con cui voglio addormentarmi la sera e risvegliarmi al mattino.

Qualche giorno fa, mentre pensavo alla mia vita, mi sono chiesta quanti uomini ci sono voluti perché potessi essere pronta per quello di oggi. In realtà ho capito che la domanda era sbagliata: quante donne ho dovuto indossare per essere pronta per l'uomo di oggi?

Appoggio il diario nello scatolone e lo chiudo. Mi siedo sul divano, mi guardo attorno, saluto la casa. Rimango immobile a fissare il muro davanti a me, poi un piccolo rumore mi distrae: è una mosca che sbatte contro la finestra chiusa. Non capisce che c'è il vetro e continua a insistere, si starà chiedendo perché non riesce a uscire. Mi alzo, apro la finestra per farla volare fuori, ma lei continua a sbattere contro il vetro. Non riesce a vedere la via d'uscita, dovrebbe solo spostarsi un po', la libertà è vicina. Insiste imperterrita, allora muovo la mano e cerco di spostarla. Si allontana dalla finestra, poi imbocca la direzione giusta e finalmente esce.

Dopo la doccia indosso un vestito a fiori e mi raccolgo i capelli. Voglio essere bellissima per quando arriverà, voglio vedere sul suo viso l'espressione che ha quando mi guarda e che mi fa capire che gli piaccio da morire. Mi metto gli orecchini e faccio cadere un ciuffo di capelli in modo che sembri casuale. Ricevo un messaggio sul telefono: "Cinque minuti e sono da te".

Esco e lo aspetto sui gradini di casa. Per strada non c'è nessuno, il sole è delicato, il cielo sereno, si sentono gli uccellini cantare sull'unica pianta rimasta. In questa mattina di primavera l'aria fresca mi pizzica il viso e le braccia nude. Ho i capelli ancora un po' bagnati. Custodisco le mie emozioni come le cose più care che ho. In questo preciso istante provo un sentimento di grazia e di beatitudine. Questa sensazione appartiene a quelle che semplicemente capitano come un regalo, un'attenzione, un tocco. Lentamente poso lo sguardo su ciò che incontro, è come se vedessi e notassi ogni cosa. Il mondo attorno a me sembra schiudersi. In questa quiete avverto un senso di meraviglia. Sento che qualcosa dentro di me riconosce tutto. Spontaneamente.

Arriva una macchina, è Nicola. Mi sorride e viene a sedersi accanto a me.

«Non sembri una che sta facendo un trasloco.»

«Sono in pausa.»

Si avvicina al mio collo e lo bacia.

«Mi sono svegliato con la voglia di annusarti.»

Apre il sacchetto che ha tra le mani e subito il profumo di cornetti caldi mi riempie il naso.

«Marmellata di mirtilli, cioccolato, crema.»

Ne prendo uno.

«Quale hai preso?»

«Non lo so, lo scoprirò mangiando.»

Sorrido e do un morso.